新・日本現代詩文庫　164　佐藤すぎ子詩集　目次

詩篇

詩集『**七月に降る雨**』（二〇〇六年）全篇

詩集『野山寂寂―永遠の塔・永遠の名前』（二〇一六年）全篇

解説

詩篇

詩集『モザイクまたは内なる桃源』（一九八三年）抄

水難一

雨降って水びたし
家の裏　川の中
ぐみの木　その下のごみ捨て場
桑畑　馬鈴薯畑　いんげん畑
野ばら　アカシア　卯の花　ガマズミ
白い花　うなだれ濡れて悲しみの絵
えい児が泣いて　子守りが泣いて
貧しさに　かたつむりに化身した魂までも

雨降って　水びたし
納屋の横　まきに巣喰う虫
すももに巣喰う虫　その下の青菜の黒い虫
偶像の森　情念の森　地獄の森
桐の花　ウツボグサ　藤の花　ホタルブクロ
紫の花　うなだれ濡れて苦しみの絵
娘が泣いて　老婆が泣いて
呪わしさに　むかでに化身した心までも

雨降って　水びたし
石の下　馬頭観世音
から松の木　その下の蛇《くちなわ》
野面一面　奥山一面　谷川一面
野いちご　木いちご　蛇いちご　田植えぐみ
赤い実　うなだれ濡れて仮面の絵
牛馬が苦しみ　獣が苦しみ
痛みに　土と化身したからだまでも

水難二

雨が止んだらつつじヶ原へ散歩に行こう

髪の毛　口髭　足の裏
軍人の着古しの服　水びたし
ズボンを押える　ぼろきれの紐
彼の妻も　いのちの終始を考えたことがない

近所に水死人があって行かれない
仔犬と夫を亡くした女と虚無と
雨が降っているので部屋にこもり
悲しくて二人で泣いていた　なんて

画家の卵も一緒の予定

冷たい雨　冷たい無用の長物
降りかかる風雨と重い緑の風景
犬のようにしか生きられなかった生前が
掌にしみついていて落ちない
ふやけた唇の限られた言葉
心も死も貧しかった男のことで
わたし気が狂《ふ》れそう
封じ込められた言葉のひしめきに祟られて

雨が止んだらつつじヶ原へ散歩に行こう

青い空　炎の花のひろがり
心の話　邪恋の話　谷間の百合のこと　乙女の神話
太陽の終末のこと　ジュール・ヴェルヌの話　絵を描く衝動の神話
さざめきと笑い　枇杷とのり巻

帽子も買いに行かなければ

　その時は御地へ迎えに

御地
裡馬の背にのせられた罪人の目を
贋金づくりの慈悲深いほどこしを
人魂の飛び去った往還を
草木瓜に囲まれた刑場跡の石塔を
年ごと断腸の思いの祭りが繰返された

御地
狂った女が祭りの出店の仮面を
ひと抱えも買い込んでにんまりと笑った
囁き　ささやき
仮面なしでは——

御地
風の道　かみなりの道　貧しい村
太郎さの弔いの金なく
それでも身内の者あつまって葬式の段取り決める
痛んだ屋根からは雨したたり落ち
漆黒の雨夜子供たちはかたまって寝る

　この週末雨のため断念し帰る

私の四季

春

藁《わら》屋根の上に
海棠の枝さしかかり花真盛り
野には五月の風が吹いて

遠くアカシアの林芽吹きはじめた
いちいの木の下の仄暗い緑の世界
紅いさくら草ひそやかに花盛り
地べたには小石たち群がりころび
にわとりと牛の鳴き声が
桜んぼの白い花と一緒に
耳をかすめて舞いおちる
生垣のしじみ花真盛り
木瓜の花真盛り
山吹の花真盛り
花の吐息に
村は淡く包まれ
李の花のかなしさが
子供たちを納屋に追い込む
目的のない没頭
それはおびただしい殺戮をともなって
暗い納屋の隅には死骸の山

山につつじの花真盛り
あやめの花真盛り
土手にはたんぽぽ　すみれ　おきな草
野は花盛り

夏

死に絶えた　と思うほどの
この世のさみしさ
一本の草のようにもさみしくて
目ざめることがこわい　静かな
夏の夜明けの不安　それは
破れ去った恋や肉親の死にからみつき
生暖い背中の熱に
思わず手があえぎ
大きく剝した傷口

その痛みと世の空しさに
茂りに茂った夏の草々
いっせいにほうけだって
すすり泣く

秋　一

みんな去って　残るは
秋のきりん草ばかり

黄さびた野分けあとを
涼々と風吹く

黄の幻想の椅子で
小説を追いかけて読む

夏去り　秋来る
高原の日々

みんな去って　残るは
秋のきりん草ばかり

秋　二

まばらに黄葉をつけた
りんごの木の下
秋の薄陽を受けて
赤と黄の百日草咲きみだれる
黄昏の秋の安息

地に敷く落葉と
いぬたでのあいらしい紅

物を打つ甲高い音
靄のひだをつきぬける
むらさきの秋の寂光

冬

私の心は白い荒野
闇のなかの荒野をさがす
雪の下の
すいかずらのつる　ヤエムグラの茎
非情の断層

森の辻では天と地の妖怪が出合う
きつねや　たぬき　たましいのたぐい
おどろ　おどろの　うらみの石碑
松の枝から雪ふりかかる

赤い髪

往還をはさんで　村は東西に長く
村の南北を墓が取囲む
村の南にうがった谷があり
谷のうえの道端では　その度に
残された縁者が死衣をやいていた
その死灰は朝の静けさのなかにかたちをとどめ
冷えた灰のかたわら蝶やとんぼが羽根を休めてい
た

村の南の墓で　二月のよる
炎が燃えあがった
ゆうべまで生きていて今朝には死んでいた女の
怨嗟《えんさ》の赤い髪
切り残した大根　切り残した人参

食べ残した梅漬け
食べ残した穀類が
わあっと引き裂かれた生命を物語り
私より濃く物が残った
物だけが厳然と残った
私と子は襤褸のようにのけぞり
有機質がとけて化物と化し
私はもう食べない
無為の序章

私にかかわりなかった女が
突然私の陰湿な生命の代行をする
私の願望が破れたとき
別の肉塊の想念は
私からあらゆる秩序をはぎおとし
この世は肉塊にあふれて
私の裡では国家さえも海月《くらげ》同然

私は一夜にして肉塊の化物に肥大した
彼の瞳は鋼鉄の鏡となって現世だけをうつしていた
眩惑が
私の心を腐食しはじめた
別の女が産み
私がほろぶ
増殖の鉄則
二月の凍土の上を
冷たい閃光がはしり抜け
暗い宇宙を背に
墓は怨嗟《えんさ》の赤い髪をふりみだした

相続人

誇り高い独身のクマさが死んだ

私はクマさの幻の相続人だったので、珊瑚の大樹や、天井に吊りさげられていた駕籠のことも知っている。

一間だけの小屋にニワトリが三羽いて、夜になると箪笥の上で赤い瞼を閉ざしていたのを知っている。

榾《ほだ》火と黒砂糖、衿垢と顎鬚、カキドオシの花、幾人も相続人が現われたのに、しらみをつけて死んだのだ。

幻の相続人である私は、そのことも知っている。

灰色の天地が圧縮された
曇り日の三月の墓地で
村の墓掘り当番が鍬をふるった
掘り出される赤土に木の根がまじり
死者の頭を支えた強靱な籾殻が
物の上に止った「時」を引きずって現われた
まぼろし　まぼろし
地中深くつきささった綿のような樹の根もまぼろし
籾殻もまぼろし
いま目にうつるものみんなまぼろし　と思った
村の子供たちの前に
一握りの黒髪をつけたどくろが現われた
冒険ずきの悪童どもは後ずさりした
ああ
頭蓋骨　髪を撫ぜたその母のことなど

いとしい人、2とある、2とある、この頁に。
するとこれは、あなたに出す手紙ではないの
かな?
火を口でふいたんだよ、そしたら火の子が僕
の髪にのっかった。
ジリジリ、ジリジリ、ほらまだ焦げている。
随分大きな火の子だったんだねえ。

あの地獄を見た眼は

僕にはしなきゃならないことがある。僕の尊
敬する、そして憧れている人の生前にできな
かった仕事を僕は引き受けたんだ。
彼はなぐられて目から出た火でタバコを吸っ
たんだ。打たれて、けられて育った、そして
死んだ。今の彼は幸福だけど、仕残した復讐
は僕がしてやらなきゃならない。この仕事が
ある間、僕は幸福だ。彼はいま、ヒイスのや
ぶに寝ている。

夜半、師をおとずれた折、夜おそくまで銀の
十字架を立て談笑した。師は病のために一日、
一日を死におびやかされながら生きているの
だが、僕をはげましてくれた、僕があせって
外人部隊に身を投じる気になったのを止めな
がら、銀の墓じるしをじっと見つめていたっ
け、「こんなふうになるから行くな」ああ、な
んという恐怖、墓など立てられてたまるもん
か、この世の人間どもが、おのれの人生にう
るおいをつけるために墓参りに来るだろう。
今こそいう。僕はとんまだ、そしてこんなキ
ザな告白をする人間でもあるのだ。僕は昨夕、
ひどい笑い者になった。自分で自分を落し入

れて、なおあきたらぬ程、自分のなにを憎んだのだろう。

僕の耳に音楽が、タケット調のトランペットの音が聞えてくる。するとと僕は、ボクの心臓は飛びあがって、おどり出してしまうのです。こんな苦しいことがあるだろうか、「お前が私の手の届かぬ所にいるのは上出来だぞ」と二言目にはどなりたい気持ちわかりますか。

欠けた歯　団らんの情景など

みんな死んじゃったねえ。彼らはいってしまった。僕の友、私は泣きます。御飯がノドを通りません。勇しかった僕よ、さようなら、いとしきひまわりの花よ。

誰か来ます。ごきげんよう、老克己主義者、うたって下さい、墓石と若草のうたを。
つるとかめのスープはおいしいかしら?

「あなたは何処にいるのです?」
「二十五年前の少年です」

墓石の上に奉られたどくろよ
喜怒哀楽よ
灰色の三月よ
幻の相続人である私は
墓穴の底まで見とどけて
さて
その夜から死者のために延々と泣き出した
幻の相続人である私は
禁欲のおもいとどくろのおもいをひそかに受け取
ったのだ

惑溺

時のたつ事の不透明な錯覚と肯定を説いた
私たちの先生が亡くなったので
夏の暑い日
私たちは裏部屋で戸をしめきり
トランプの神経衰弱遊びに熱中した
明けても暮れても繰返した
朝顔が枯れ　その種子が再び花咲いた頃も

合っているだろうか　いないだろうか
土と浄土　曼陀羅と宇宙学
情念と幾何　移り気と嫉妬
創生と滅亡をのぞいて延々と続けた
勝者がついに発狂したので
私たちはやっと自虐の境地から抜け出そうとこころみた
祭りは「我を忘れて」楽しかった
心くばりされたさまざまの生贄
海のもの山のもの生きていたものの皮
幸せと苦痛の市場
人々は龍が大好きで
黒塗りの山車の柱には青い龍
その梁に鶴など舞わせて
空想の極を走らせる

ふと「我に返った」

神経衰弱遊びの一人が帰らないので
私たちは夏の暗い夜
森や田圃や川を走り廻った

毒へびを踏むな
置き忘れた鎌に気を付けよ
偶然が現われるための底深い仕組み
狂乱がおこるための緻密な必然
累ヶ淵が脳裡をかすめて
私たちの神経はさく乱した
すべてが透明にみえ
生きていることに耐えられなくなった
夏の終り

雪が降り
森への道　田圃への道　深く埋れた
朝顔の実が寒風にさらされ
子供たちが擬人化された動物の冬ごもりを羨んだ
不透明な錯覚と肯定のなかで
私たちは再び神経衰弱あそびに熱中しだした
次の瞬間に息をこらして

口碑

「坊やお帰り　お祭り終えた」
ぽかんとした天や樹木や家並みに
祭りの後の虚な風が吹き抜ける

「坊やお帰り　お祭り終えた」
ぽかんとした無心な瞳に
虚偽や背信や暮らしの軋轢《あつれき》が吹き抜ける
いずこともなくひろがる笛や太鼓の音色
その音色の沈む沈黙の場所
整然とならぶ仮面や

うずたかく積まれた怪獣の
虚構の歓喜
「坊やお帰り　お祭り終えた」
稲田を渡る風の重さ
死せる者への遠いさみしさ
誰か偽善をかなぐりすててそっと囁いた
「坊やお帰り　お祭り終えた」
庭の樹の下
去りゆく者への胸たぎる痛み

皎月原

雪ともえと降る皎月原の暗い冬
暈をまとった日輪の底に沈む皎月原の鉛の春
麦の穂と野ばらに埋まる皎月原の黄金の初夏
草の葉裏を茫々《ぼうぼう》と一瀉死のごとく渡る皎月原の秋
　の夜風
地には破傷風菌うまれ
幻の馬永久に天空にとぶ皎月原
善意をほどこした者の酸鼻な末期
怨情も土に埋れ

善意も風化され
なにも残らない虚なうつろな皎月原

心情のない女であったり　叔父であったりした
もどかしい幻影
破傷風菌であったり　馬であったりする
やるせない自然

これらのしがない下手人によって
風塵となって声も影もなく
阿鼻叫喚の野ばら

陰険な英雄の栄光に似て
讒訴《ざんそ》のみ　讒訴のみ

真昼野ばら咲いて
鎮魂の　鎮魂の皎月原

草の碑

野ざらしになって母が立っている
案山子のように　あるいは
斬られた天の邪鬼のように
粟の茎は野分けになぎ倒されて赤く
近づいてくる　衣ずれの音　いや
夕闇の野面をわたる村雨のなか
ゆれるもろこしの葉ずれの音

炎天にさらされて母が立っている
案山子のように　あるいは
斬られた塑像のように
母の耳に宇宙の摂理など馬耳東風
春風だけを追って生きていたのだから

土手には地ひばりの花
空にはひばり
わらで作られたのどかな母は　死を怖れない
つねづね母は天を呪っていたので
地ひばりの髪
もろこしの衣
藁の足
かげろうのいのち
こっぱみじんになろうがかまわない
もともといのちなどなかったのだから
地ひばりの髪
藁の足

街道にて

学校ではマキャベリの「君主論」の演習をし
ています
夏休みには――
乾いた街道ぞいの白茶けた生垣
白い風のなかけだるく過ぎていく夏の日
午後には宵待草を霧がやさしく包み
から松林に闇は濃かった
軒場近く植えられた
もろこしの葉ずれの音が時の波を気づかせる
あの地では羽虫までが　死恋を演出してくれ
烈火と水のような心を抱いて
朝の陽にさらされた
虫たちの残骸を眺めていた
追伸
三島由紀夫なる男の作品に注意せられたし
一九四九年　夏

じゅず玉の木

松林に木洩れ陽ゆれる五月
早く早く
はんこ花とりに行こうよ
ちぐはぐの草履きれたら
家にゴム靴はきに行ってきた
人さらいや雷の怖い話続けてよ
両手いっぱい薄紫のはんこ花摘んだ
この世に怖い事なかったら
はんこ花抱いて幸せに眠る
松林にはんこ花絶えて
乙女らの笑い虚空に消えた

七月の草いきれのなか
谷の向うの畑へ
早く早く
じゅず玉の実とりに行こうよ
砂埃りまきあげ素足に埃りの汗にじませて
三千世界の涯の宝物
地位を授かる恩寵とさえ勘違いして
早くじゅず玉の実みたい
金銀さんごに翡翠
枝々に犇めく狂想
目も眩むじゅず玉が
地から生えているなんて嘘
虐げられた娘たちよ

下降癖

母の髪の毛のことなど考えていた
又「風塵」についての

長い覚え書きをなくしてしまったことなども考え
　ていた
舞いあがることの
あるいは埋もれることの
一行だに書かれない長い叙事詩の

確かなものが夢まぼろしとなっていく
苦悩のかたちのようなものを
冗漫な時間をついやして眺めていた
一行だに書かれない私の「地獄変」の

日陰に根をおろしてしまった
たんぽぽの悲しみ
お前が花咲くこの黄金のとき
包みきれないほどの悲運が
白い吐息をはく

朝な朝なおそくまで霜柱の消えぬ
そこに立って
さて　それから
私はいつもながらたてつけの悪い朽ちかけた戸の
　なかに入る
ひそやかな安息
私は下降癖を身につけているので
寂々と　寂々と
その自分の地下室を掘りすすめる
そこで

母の鼻孔のわきにしっとりと浮いていた皮脂のこ
　とを考えていた
死後のあらゆる作為はむなしいと考えていた
死とくぐもった心のありかたを考えていた
予言の正統性を

不幸な者たちをおそう
千里眼の女たちのどうもうさのことを考えていた
この不気味な女たちの生命のことを考えていた
たくましい生命力を養う
あわれな生きものたちのことを
なよなよと死にのめりこんでいった母の皮脂のこ
　とを考えながら

母は生きていたので
皮脂も生きていて
その生きたまま浮いて残っている皮脂が悲しかっ
た
理不尽のまま死者を葬った者たちの
生死のありようをじっと眺めながら

オリオン座

滑車が動いて
オリオンが吊り上げられれば
夏の悲しみ
秋の苦しみ
断たれておちる

岩陰の泉のほとりで
大海をしめ出す作業をしていたわたしは
おし寄せる海から泉を守ろうとして
日もすがら
　人生は短かすぎた
老若の観念は私の生活をも左右して
ひとりでなつめの実などもぎとり
その褐色とみどりの葉陰で緩急する

仏を信じる女が世間中から苦しみを集めてきて
私にそれをほどこした
二律背反の話で日常はまた忙しいのだ

オリオンが中天に居坐る刻
耳に聞えるのはうつろだけ
天は広すぎて苦しみを知らないので
私は条理の通った冬の饒舌を用意し
頑丈なお前に対抗する
滑車が力をゆるめて
オリオンが吊り下げられれば
天はぽっかりと広い
冬の悲しみも断たれておちる

詩集『偶界連詩』(一九九六年)抄

月の翳り

初夢はいい夢になるだろうか
　と　私たちは言い合った

今夜の月は　月は……
小雪が舞いはじめた
山の旅人は道に迷うだろう
銀の谷は　死の谷

魔王の声が聞える
死んだ　死んだと叫んでいる
夢のなかで
魔王の呼んだ者は誰も死なない

死んだ者は誰か
冬の旅は続く
死んだ者は誰か

いい夢を見たかい
　死の知らせの夢を二度

おだやかな季節の影が
家具の裾を這っていく
夢は夢の夢
草は銀の露をこぼしはじめた

春は連日大風が吹き荒れた
立夏を待って
冬に死んだ者の墓をつきとめてきた
黄色い花々の散る
ものうい初夏だ

非情の力が働いた

麦星　ボクシャ　ガクアジサイ
金平糖　酒　乾無花果
玉葱　人参　グリンボール
あなたの死

寒波

夜　寒波がおそった　昏い地球
夜中に目覚めて屏風を枕辺に立てた
切り抜き絵を張った段ボールの
藤の花に蝶　夕闇に染りはじめた野の薊
彼岸桜　水仙　藪柑子
藪柑子の生えた山道の崖の縁

地の果て　ということだわね
朝　パンにはいちごジャムをのせて
ああ　神経痛がはじまりそうだわ
憂うつな目ざしがジャムの壜と合ってしまった
きいちごジャム　高原の村のきいちごジャム
ヒトリシズカ　ニリンソウ
チゴユリ　ナルコユリ　スズラン
きいちごの白い花　五月の幻の国
神経痛の行きつく先きは
地球の終末の　その時かしら

テレビに映る人工衛星からの天気図
巨大な海月が水を垂らして北半球を覆う
カイロ　豆腐　鱈をかってきてね
谷間であの人が探している姥百合の実は
すべて弾きとんだあとだ

蒼ざめて帰ってくるのだわ
白骨をみたなどと
とぼとぼとぼ
昏い地球

七月と私　一

野ばらも　卯の花の散れば
薄荷菓子　杏　木苺だわね
むかし麦秋ともなれば
稲妻の閃光を額に受けて
ワンピースづくりに没頭していたけれど

「クロワッサン」を終ページからみる癖
「里穂ちゃんの、荒野のチリチリコンカン
（メキシコ風豆煮込み）」

広告は二ページを使って写真入り
「荒野のチリチリコンカン」
荒野の「知」の牢獄で
一生考えていても考えつかない言葉だったわ
わたしには

チリチリコンカンにのっているミントの葉
ああ　カモミール　ラベンダー
朝露の乾いた後に　夕霧のくる前に
カモミールを摘みラベンダーの花茎を切る
この作業は天使の領域を感じるわね
労苦と死はどこに隠れているのだろう

卯豆腐のうにとろろ　丸茄子揚釜
胡麻豆腐　じゅんさいの椀
文月のおいしい献立
夏祭りのみこしが帰って行く

提灯の明り　群雲からのぞく月の色
淡く夏の夜は更ける

七月と私　二

かみきり虫もどき

それは金の肢と
金と銀とるり色の羽根をもっている
かつて有機体だったので
生と死の苦衷を内包している
金の肢を悲しみが伝って行き
まぼろしの彫金師の彫った羽根は
支えを失ったのだ
華麗な絵をほどこした格天井の墜落のように
その死骸は

天井から落ちてきた

海のスカシカシパン

息子は海辺からその破片を拾ってきた
五弁の花びらをかたづくるに
精緻なすかし彫りがならんでいる
スカシカシパンの遺伝子は
千ものすかし彫りをいっきょに
ずんとあけたかどうか
とても気になる
スカシカシパンの努力

城跡からの道にはニワトコの木

いくさに出掛けて行く時
城の堀のニワトコは早々と芽ぶいていた　と
私は思うのだ
なぜならニワトコの実は
七月真赤な実の房をつけている
事件が片付くには五ヶ月はかかりそうなので
その頃いくさは終っていたかも知れないな　と
私は思うのだ
堀のある城にも堀のない城への山道にも
ニワトコの木は茂っていた
接骨木
誰でも連想する言葉は書かない方がいい　と
私は思うのだ

青胡桃

きっとあなたもわたしも死の足音を
どこかの道の先で別々に聞いている

青胡桃　わたしたちの感傷宇宙の果てを
オカトラノオやコマツナギの花の咲く道で
久し振りの野道はたのしかった　という
その言葉は
わたしのなかで繁茂して大きな森になった

アカシヤの花房が冷たい東風に吹かれている
留守に母が来て赤い花を飾って　という
その言葉は
聖家族　母を恋している者を恋しているわたしを
　取り残した

麦熟れシモツケの花咲く暑い口々が来れば
月見草咲き胡桃の実は輝く
青胡桃　わたしたちの感傷宇宙

樹からおちた青胡桃は
七月の雨にうたれ
みみず　なめくじ　だんごむし　げじげじ
足のないもの　足のあるものになぶられ
日に日に色褪せていく
真夏を待たず壊死した
わたしたちの感傷宇宙のように

水の気配

真夏の朝は
苦業のはじまり
すでに太陽と蟬の声でこの世は覆われている
日陰にいたい私の意志はついえていく
オオバコは土埃をあびて萎えている

スベリヒユの葉に輝く夏の光
萎えているものも輝いているものも
同じ比重で神経を切りさいなむ

灼けつく道を駆けてくるのは誰
忘れ物を取りに帰る子供
その胸のなかで地上は空転している
水で冷やされている地球は
その胸が傾くと
水の気配がするのだ

刈り時を逃した麦は地に伏している
畑の土は焼けている
遠くから伯母が手伝いに来た
伯母と二人で麦刈りをした
二人が時空をともにしたのは生涯でこの午後だけ
だった

遠くで雷が鳴り出した
水の気配がする
なつかしい夏の午後なつかしい伯母

―泣かないで
死んでしまった伯母さん―

晩夏の村にて　一

峠を下ると
村は草に囲繞されていた
そのいたずらな繁茂は虚空の悲哀を含んで
村は茫漠とした哀しみの底に沈んでいる

森に抱かれた家

草から這い出している納屋
風呂場のしなった板壁の隙間を狙う蔓草
湯舟はみどりの悲哀の底に沈んでいる

まんじゅしゃげ　架空の絵空事
村の観音堂では
仏像の肩がぎょっとする程毀れ落ちている
漆喰の底の過去とも未来ともつかぬ時間

白鳥座は真上　稲穂は実を結ぶ
白鳥座の永劫はいつまでか
稲田は誰かを待ち続ける
父をか　息子をか過去とも未来ともつかぬ想いを
　か

峠を上る
村は草に囲繞されている

邪念をもって村を出た者たち
はばまれて帰れず通り過ぎるのみ

晩夏の村にて　二

花豆の赤い花　白い花
よくぞ咲いて村は晩夏
青年に思いがけない僥倖があったにしても
生きるに価する日　幾日だったか

草深い村のその奥の森に行き
みんな失くしてしまったその事に
耐えるだけ耐え
じっと手を重ねていたい

清冽な夏

白いリンネルの服白い帽子
そのひさしの下の黒い瞳が
素足で陽に焼けた村の娘を死ぬまで思った

陣屋の若妻は幽霊の装束で浮気な夫を待ち伏せる
時はよし
ペルセウス座流星群
幽霊をみた夫は動顛し厠に身を沈めた　と
村の老婆は語った

偶界　一

三月兎《うかれうさぎ》のミルクつぼ煮

アリスの不思議な国のお料理より

三月　雨が降らなかったので
道端に生えた一本のカミツレ草
ふるえる程の思いを込めて
枯れないよう祈った

雨は降らない
カミツレ草は耐えているか
カミツレ草をみにいって
カミツレ草を踏みにじっていた
カミツレ草もろい双葉を
気遠い落胆がおそった
罪の匂いをまとって

午後の思い出時間のお茶は
カミツレ茶
蜂蜜をたっぷり入れましょう
追憶の花も入れましょう
おそろしい予言も入れましょう
　そのたのしみが失われる

そのたのしみが

偶界　二

疑似亀《まがいがめ》スープ

過る年
子供は大きな亀小さな亀四匹を連れてきた
底の浅い箱に入れたので逃亡は繰返された
小亀は押入れの迷路を一週間さまよった
暗黒地獄を
大亀は二年飼うと二年分大きく育つ
全身に力をつけて逃亡した
不条理な別れ
気遠い落胆がおそった
罪の匂いをまとって

今年　ヒヤシンスの咲く頃
ヒヤシンスを見に行って
亀の死骸が二つころがっているのに出合った
記憶をたどったが亀の死につながらない
どこかで墓穴が掘られたのか
怖れていたことが目の前にある
誰だ　誰だ　誰だ
亀の背は二つに割れて薄皮が風にはためいている
亀の死骸は脈絡のない悪夢となって
私を「不気味が池」に引き込む

ついに私はつかまった
「生きている悪夢」に
長い年月を　長い尾を曳いて
蛇のように襲ってきたのだ
尊敬すべき占師
予言は果されたのですよ

偶界　三

鶯《うそ》が桜の花芽をついばんでいる
一期一会で存亡が決ってしまう
動けないものが滅ぼされる姿
うそは花びらのような声でなく
花びらが声になって空に還るようだ
たよりないものたちの変転を
空は呑みこむ

嵐　自虐症の空
嵐の去ったあと
陋屋の戸口に立って眺める
あの二律背反の斬新な気分

長雨の長々雨の雨の暮れ方
雨の隊列が運びつづける
抱えきれない程の閉塞感に
溺れ死しそうだ

不眠の深夜わが家はなめくじ長屋と化す
腐敗する夜　鈍化した魂
なめくじは全知能そのもので侵入してくる
全知能そのものが塩にとける頃
衰弱した眠りが訪れる
不運な夜

みぞそばの咲く稲田の道にそって
自分の影のようなものの声がついてくる
地虫たち
この寂寥の声　死者への囁き
地下の管楽器は地の果てまで埋められて
高低のないその音は

地は呑みこむ
秋の野を覆うこの悲しみの声を
のびる　のびる

田鳬《たげり》

ギュスターヴ・モロー
―エウリュディケの墓の前のオルフェス―によせて

土の下でどのような形で居るのか
私は知らない
どんな病で死んだのかもすべては風のたより
その死におよんで
少年と少女に輝く未来を夢みた一瞬があったので
その青年の死は私のものに違いなかった
私のなかの「異界の私」が
思いあふれて墓地に行ったとき

土の下にその人がたしかに横たわっていたら
なんと墓地は優しいだろう
生死を分けても私は語るだろう
春は四十回来て夏は三十九回去った

「土の下の人よ迦陵頻伽をみたか
私は田鳬《たげり》をみた
地獄の使者とも極楽の使者ともいえる
田鳬の後をつけて飛んだら
二人の国に行けそうな気がした
どこかと…」

満艦飾のエプロンを着て得意な少女を
それはおかしいと少年がなじったので
二人の春は化石になってしまったのだ
それから間もない青年の死が
私のものでなくて誰のものであろう

「異界の私」が思いあふれて墓地に行った時
峠から吹きおろす風は村の田圃をつき抜け
その突端の墓に吹きつけている
その風は大地を死の色で染めていく
「異界の私」が墓地に行った時
生暖い雨は独活《うど》を大木に化し
その葉裏に蝸牛を繁殖させている
柴の木に寄りそい
死と繁殖の間で苦しんだ私を
私がみているだけだ
彼方に月ものぼった

まぼろしの風のうた　一

夕暮れ暗い大地の貌を見るのが好きだ
なつかしい凋落の色　死んだ肉親たち
その色のなかに入って行けるのは
三千世界の三千の針の風
風の旗をたて冥い大地に入って行くのを見た

言ってはいけないよ
満開のさくらに大雨の降っている夜
幽界への入口が到る所　口を開けていることを
国境の深い谷　山中の沼のことも
二十世紀的犯罪者の群れのことも

少年は緑の蔓で風を切る
「女王さまとお呼び」「はいお嬢さま」
少年が答えた　蔓の鞭は振り上げられる
「女王さまとお呼び」「はい女王さま」
風のなかの路上劇をみていた

シカタナイ女王様　実際彼はこう書いてきた

「あなたにおつけする薬は―」
彼は「はだかの王様」の少年役だった
羽根飾りの帽子　黒のタイツ
上着は
一九世紀文学的ボヘミアンらしくふるまう
姉のコートをかりて

なに　緑の蔓は蛇だったと
恐怖のために崩れ去った我らの藁の国

満開のさくらに大雨の降っている夜
ただもう山野にちらかる死体の話ばかり
「あの音はなんだ」「風の音」

まぼろしの風のうた　二

仄黄色のぐみの地味な花
茎には豪奢な銀の粉
午後にはそこを金の風が通る

東風の吹く六月
田の畦で蛭を三人がかりで殺した
棒と鎌と火を振りかざして

柿の花の散る
風のない朝の憂鬱
朝が来なければいいと思い続けた虚無主義

獣の恐怖を背に山らっきょうの花への執着
今年山らっきょうの花たちは

茨国の虜となってしまった

雪雲の下
故もわからぬ社の床下を出入する
荒野の褐色の風

寒風に黙した故郷を丘陵から眺める
喜怒哀楽が地に貼りついている
「死の概念」を入れると涙に霞む

祖母の置き忘れたセルロイドの櫛
母の置き忘れた半纏は返らない　貧しい母
母のことを思って性悪説に荷担したのは私だ

夜の団欒

山の村で玉葱を買う
山の村に入る四方八方の道は
野ばらが咲き　野ばらが散り
その先きも
野ばらが咲き　野ばらが散る
精巧な白い宇宙である玉葱の
層と層と層のあの防御に
瞬時　縦の線が意識をきる
山の村で玉葱を買い
今夜はスパゲティをつくろう

山の村でトマトを買う
村の手前で風景がかげった
夕陽に銀ねずみ色の雲の紗がかかった

柔和な光りがこの世を鈍色で包んだ
村は「過去」のようでもあり
村は「来世」のようでもあった
村の過去と来世を薄皮で包んでしまう
ぽったりトマト　現世の赤
山の村でトマトを買い
今夜はスパゲティをつくろう

山の村でピーマンを買った
山の村を出る山の小径で
緑のナナフシが緑の葉にはりついている
ナナフシも葉もぴんと張って素知らぬ仲
緑の重さは浮遊している
生り続けるピーマンの全重量
かたむくイタリヤ半島や日本列島
すでに夜鷹が飛びはじめた
山の村でピーマンを買った
今夜はスパゲティをつくろう

思い浮かぶ・おもいで棺　一

丸い地球の一画に枠をして
そこを産土といい生地といい居住地といって暮らしている
その地でみたものは
びっくり箱のような宝石箱のような
パンドラの箱の幻想のような
あるいは死者の棺のような

そのなかからさまよい出た幼児の目にうつる
樹氷の朝は壮大だった
白い巨人国では白い樹が天を支えていた
軒下の箱には白うさぎちゃん

やぐらの上での野外劇
父親の背に乗って眺めた幼女に
闇と虚構の世界が旗揚げした

はじけはじめた五月の太陽　野を駆けた
横縞の揚羽蝶の幼虫
計算されつくされた色の威力に悲鳴をあげた
五月の空は墜落しなかったが震撼した筈だ

霜のきらめく朝の貧しい死体
初冬の溺死人の濡れねずみのような頭
死の翳りが私の食卓を覆いはじめた

空の宝石箱
ほたるいかの真珠の目玉
くちなしの実

舟は港のある王国に滑って行く
舟には明日にも王妃となる女性
しがないわたし
黒い靴が欲しかった
父親はじゃがいもを売って工面した
その靴をはいて転落していった「娘よ」

早世する王妃
美しい金髪美しい手を見せて棺のなか
手拭をかぶり色褪せたズボンの老女が
朝から幾回となく歩き廻っている

二十世紀を総括するなら
言わせるのかい　と老女が言った
「地位を得た名だたる女たちが早々と死神に引き
ずられていった姿を見たかい　輝いていた姿を見

せられたように　塗料をかけた棺がずるずると地の底におろされるのを哲学的に見ていたことだよ」

思い浮かぶ・おもいで棺　二

青い服の王女マルガリータの
ペチコートでふくらませた服は
一度見たらとても忘れられない
青い服の縫箔の金糸一本の値もない
私のゴム靴
絵のなかのマルガリータの年頃の私
ゴム靴を素足ではいていた
シンデレラコンプレックスの私
まわりは南瓜　南瓜　南瓜だけ
今夜出掛けるべき馬車の御者はどこに消えた

遠い国に戦に行ったまま
「皇帝の墓所」に置かれた
マルガリータの棺は
一度見たらとても忘れられない
マルガリータの縮んだ心臓
使いきれなかった歳費の怨念
青い服の記憶などをつめ込んで
地球の持続力とともに並存する棺
シンデレラコンプレックスの私
行くてには竈　竈　竈だけ
死の国の案内人が
生前から入口に立って待っている
鋼鉄の棺を得たマルガリータは
鋼鉄の心臓　セラミックの胃　ゴムの肺
合成樹脂の腸　ジュラルミンの皮膚を持ち

機動人間マルガリータとして
鋼鉄の棺の蓋を押し上げ立ち上がったら
二十世紀のアニメーションとして生き返るのに
シンデレラコンプレックスの私
歪んだ心で
早死したマルガリータの不完全燃焼の骸を想像し
　てしまう
おぞましい限り

密約

春　日傘をさしてゆく道すがら
白あやめ咲き　アカシヤ咲き
おおでまりが咲いている
花は細い茎で枝に垂れ
絶対唯一の空間を占めて
浮遊をたのしんでいる
在るものの陰で　在るものたちが囁いている
おおでまりが幾百個も集って笑った時
空も笑った　私の日傘も笑った

夏　日傘をさしてゆく道すがら
フウチョウソウの雄しべは風を計り
紅バラは昼寝をし
胡桃は実のなかで緻密な分岐に忙しい
陽はいよいよ輝き
野道の野アザミの葉刺々と笑っている
私の日傘も八つの刺々で笑い返した

秋　日傘をさしてゆく道すがら
田の土手に稲穂たれ　その下で
カヤツリグサ　イヌタデ　ミゾソバの花
陽だまりにうずくまり笑い合っている

黄道が傾くいつもの時空にさしかかった時
私の日傘もその日はたりと閉じられる

白あやめ咲き　アカシヤ咲き
おおでまり咲く日まで

大王の使者

姉ちゃん

私は耳をそばだてた
妹に呼ばれている錯覚が走った
妹は死んでいる
一瞬の奇妙な時間から抜けて
混雑した電車のなかをみた

私は長々と「姉」だった
姉ちゃんという固有名詞に瞬時に反応する
下車駅を目前にして
少女はすこし離れた姉を呼んだのだ
姉妹は母親も交えてホームに去っていった
あざなえる禍福を背にして
そう私には思えた

姉を気遣った妹が先に死ぬ
そういうことがあるのだ
妹が私にくれた小物たち
それは触るたび雨を連れてくる

無機質な電車という箱のなかの
生気に満ちた生者たちの間で
死の荒野の妹の身を案じた
　骨壺という死の荒野の

私は姉だった

白昼電車のなかで
死の荒野を呼んだ少女よ
死んだ妹と
死ぬかも知れない空想の妹たちを惜んで
涙はあふれてくる
死のなかの妹たち
逆さ天使

塔の周辺—耳塚の塔—

「——彼女は情けをこめてそっと鳥たちを締め殺しながら叫んだ。涙が頬をつたわり落ちた。」

『ダーバーヴィル家のテス』ハーデー・井出弘之訳

ほんとうにこんな思いをさせられて
幾度も地球を呪った
地球の不気味さ
一匹のはちきれんばかりにふくれたいも虫を
私はさつま芋畑から連れてきたようだ
それも三日も前になる
その三日間どこにひそんでいたかを考えると
私は虚無と化したい
外から勝手口の戸を開けると
いも虫は外に向って這い出していく様子だった
のけぞらんばかりの嫌悪と
ひきつった恐怖を私に与えて
発想の転換をと自分に命じた

丸い頭の友達どこにお出掛け、まあなんとあなたの皮の美しい模様、翡翠色に茶の絣、時はおだやかな秋の午後、生命への共感が湧いてあなたも私も救われる、と思いはじめた

その時いも虫は頭を振りきびすを返した
青ざめた発想の転換　それから
あらゆる殺し方を考えた
挟んで下水道の排水口に押し込もうとした
いも虫は体を丸くしてあらがっている
なんでこんな思いを
嫌悪はふくれあがりいも虫は更にあらがう
嫌悪は憎悪になり殺したい意志は確固となる
蝶の幼虫　蛾の幼虫ども　すべて集めて
土中に埋め石を載せてしまうぞ

こうして
秀吉の兵は異国の者の耳をそいだのだ
馬耳東風　阿鼻叫喚の果て
塩漬けの耳は出来あがったのだ

未来世界

占いの雑誌をうずたかくつんで
未来を思案する娘たち
〈鷲鼻の魔女はささやかなかったかい〉
生まれたい子が未来をたぐって犇めいていること
を

鷲鼻の魔女は言う
その体は蠟のようにかたまるだろう
生きながら屍蠟と化すだろう

占師が
幸せな老後を約束した
若いうちは苦労が続くだろう　しかし

鷲鼻の魔女は顔を歪めた

泥の上で不条理な死を余儀なくされた者よ
ただ苦労が続き遂に「変死」と記された者よ
その者の幸せな老後は誰に廻ったのか

大きな寺院の回廊で
貧相な親が
子に物を分け与えているのが見える

鷲鼻の魔女は笑う

わが身におさめよ
一年後その子は親に涙の雨を七日
三年後涙の日を半年もたらすだろう
〈占師はそう言わなかったかい〉

秘儀良夜

—おぼろ月に輪舞する子供達—

山口薫によせて

雨の気配を含んだ夜
月は大きな輪に囲まれている
巨大な月暈に両手をあげ飛びあがると
月暈はめくるめいて更にひろがる
心はとろけて
その心地よさに笑い声をあげ
幾度も空にむかって飛びあがる

心を煩らわしていたものが
ふっと取りのぞかれる回復期
枯葉の舞いちる月夜だったら
両手をかざして

銀ねずみ色の夜を一人で踊りたい
「死の舞踊」から解き放たれた
軽い心を追って

人記号化された人間の輪は
手をつないで月に踊る
月は空を埋めて影をもたない
月に踊る人間の輪はなにかを囲んでいる
なにをか　なにをか　なにをか　もしや
月に呼応した「死」を囲んでいる
この秘儀を三頭の赤い馬がみている

六月の水田は
水底の月を捕えては崩しにかかる
「月を汲む」恋人たち
裾は音もなく流れて銀の水を吸いあげる
汲めども汲めども月は現れ
恋の成就は月傾いたあと

赤い牡丹のねむりねこ

—日光東照宮に行く—

晩春の朝電車で高原の町を通る
町はねむそうだった
町は深々と満開の辛夷の花に埋れて起きあがれな
い
きっと起きあがれない町があるのだ
貼りついた町　彩色された町　抽象の永遠を旅す
る町
夜明けいたる所にころがっている　ねむい町ねむ
い村
どうしようもなくねむい

玻璃のように　黄金のように　退廃のように
なにも無いように　ねむい

ひろい空の下　梨畑は木柵に囲まれている
その世界の底で
梨の花はねむそうだった
曇天の重さに耐えきれず　ねむりにおちる
黙契のねむりを　地との連鎖を

「死の前年のどうしようもないねむり」を
声高に喋っていた老女たち
赤い牡丹のねむりねこ
その石段の奥の永遠のねむりの主
確かなねむりに辿りつくまでの
きれぎれのねむり
戦慄のねむり

鳥まんだら

ニシツノメ鳥の頭は
現世の極楽の在処を垣間みせてくれて
私を幸せにしてくれる

迦陵頻伽の踊りの
踊り手の袍を詳細に深刻に類推する
袍は汚れていないかどうか
殿様　奉納品の
胡蝶の袍の衿は百五十年垢まみれ
で飾られている

ビクトリアカンムリバト
ヤツガシラの頭の天与の羽根飾り
迦陵頻伽の羽根飾りは思いつく限り来世のもの

踊り手の少年は現世をピョンと跳ねる他はない
この時春の陽は暑く照っている
迦陵頻伽のなか
ありとあらゆる存在非在の鳥
ぎっちりつめ込まれて鳥

ムクドリの日セキレイの日　ヒヨドリの日
モズの日ツグミの日アカハラの日
シジュウカラの日ウグイスの日トビの日
日月は鳥で埋る

切られて四十年庭にあった海棠の木は
夢のなかで
葉をそよがせ実をたわわにつけ
そこに小鳥は群がり喜びのなかに立っていた
これぞ私の迦陵頻伽
極楽の鳥

微風

ままごと遊びの途中で
春風にゆれるさくら色の花をみた
おもしろくて　春たけなわで
この世ではじめてみた時の
けまん草
土のなかの魔術団が
ペラペラペラと伸ばしていった花のけまん
子供らは梅漬けを持ち出し
竹皮に包んで紅い紫蘇の水をつうっと垂らす

母に死なれた子が失禁し
花の浄土はにわかにかき曇る
その子の母はなぜ来ない
「死者がよみがえる至高の幸せ」

その子の母は来ない

けまん草
そのペラペラの花をつくったものたち
その国に突き抜けたい
けまん草の花一枚ぬけ二枚ぬけ
仏堂のけまん一枚ぬけ二枚ぬけ
七枚ぬけて母のいる国
土だらけの土　土　土
子の悲しみは水に尽きて地獄

けまん草
微風にペラペラゆれて　春の午後
梅漬けの紅い水　子供の小水
土は吸って
庭いっぱいの浄土は
花のさかり

球形のものたちへの酩酊

秋の祭に
切り通しの坂を二つ越えて
ぶどうを買いに行く
したたる甘露の雫をもった
球形のものたち
「全天の星すべてを買う」
高揚した私たちの午後
道端の野菊　あきのきりん草

今日は「異次元」の日

母は小豆を煮ている
私たちは地球の運行に酩酊している
松林を抜けると葡萄園だ

白い粉を被った葡萄を籠いっぱい買う
したたる甘露の雫をもった
球形のものたち
その数と甘さに酩酊する
母子草の咲く坂をのぼって
高揚した私たちの午後は
母の煮る小豆と
祭の夜に移行していくのだ

午睡への誘い

「荒野の少女」を読んでいる
野中の一軒の小屋には不審な男
さても　ちち　ははの尽きない悶着
じゃがいもきんとんの金の味
村を覆う灰色寒波

「荒野の少女」は見る
酸鼻なこの世が動き出す
みかん　人参　ごぼう　清楚な匂い
恐怖のとりこの冬の味
罪の方へとねじれる荒野

道端の草木瓜は満開
父は煙草の火を捨てる
野は燃えるかげろうの中
草木瓜の緋の色　煙草の火
夜はなかなか来ない　緋の苛責

「少女」饒舌すぎる予言者
裏がえした沈黙の官能で
野を駆ければ
罪の方へとねじれる荒野

もんどり打って落ちれば　そこは小屋

六月・信越線で

妙義の山麓は
いたるところ白い山ぼうしの花が咲いて
山は清楚だった
追分　泉洞寺の山ぼうしの花
村の小学校の裏庭の山ぼうしの花
赤い皮ともつかぬその下の崩れるような橙色
その実の嘘のような崩れた甘さ
この世に思いがけないものの在る気配

平野は麦秋
麦は朝露を被って不動に立っている
もはや刈り時
億兆の麦たち逃れられれず殊勝に並んでいる
枇杷の実熟れて
榛名神社の
関所跡の裏門は開かない

首都は紫陽花で点綴されている
目覚るばかりの青　青　青
線路の土手の　寺社の庭の　胸の吐息の
青い朝　ヤモリの子が家を留守に
舗道の紫陽花の茂みに出没している
青の都

薄幸な男児への捧物

砂まじりの淡雪がとけて
泥水に陽が乱反射している

暖い色の冬の終り

夕暮れの野道のかたわらに咲く彼岸桜
この仄かな色と一緒に
幾夜かをここに宿りたい

あけびの花その藪陰に
四十雀は巣を作った
奥深い巣のなかの薄幸そうな置物
好奇心のなかの家庭崩壊の予感

悲哀を含んだ山峡の雨の夕べ
その闇のなかへの蠱惑的な藍の投身
白い蝶が闇と水辺を切り裂く
その水辺に静寂のように立っていたい

日照り続きの墓地の蟬の賑わい

けだしものうい夏の朝
あの薄物のころもを想ってやっと世を繋げた
厭世家たちの過去

野菊の咲く雑木林で
落葉をわけてどんぐりを拾う
なす術もなく土に還る豊穣さを考えながら
賽の河原のくらい楽しみに似て果てもない

男児が変死した　それから
その子に似た子を気にかけはじめる
母性愛は変節して
薄幸な子の像を胸中深く抱きはじめる
くじかれた願望の象徴として

後から一人の童子が来る

日輪
胸のなかをころがっていく轍の音が聞える
縁起絵巻の天体の隅からは
童子が輪をころがして飛び出してくる
無邪気に活気にみちて
童子がくる　数えきれない童子がくる
胸のなかに
その数だけの日輪をころがしながら

すべてを封じ込められて駆けてきた童子よ
泣いているのが聞えてくると万象を考えてしまう
木に登りたいのか
狂気の方へ行きたいのか
限られた絵巻からこぼれるな
はじけそうな日輪を抑えて
行ってはいけないよ

その朝家を出た幼児が事故死した
その朝無邪気な生の愉悦を掌中に目覚めたに違いない
その瞳に朝はさわやかだったに違いない
私の狂気がはじまる
死は万の偶然の紐にあやつられている
その朝死の車輪は速度を早めたのだ

雪雲は空を仄明るくふくらませている
明るい雪降りの日だ　こんな日は
子供たちが暖い部屋でお伽噺を聞いていてくれたら
言うことはない
さあ　もう一人

天体の隅から童子が輪をころがし
飛び出して来るのを待とう

詩集『七月に降る雨』（二〇〇六年）全篇

鏡の裏

キティ様　一九四二・一〇・一六（金）
―マルゴットに、わたしは醜いと思うかときいたら、わたしはとてもきれいで眼がいいと言いました。何だか漠然としているわね。そう思いません？　またこの次　アンネより
アンネ・フランク『光ほのかに』皆藤幸吉訳

鏡よ鏡　私には二人の妹がいた。炬燵に祖母と私たち三人が揃うと私は祖母に聞く、三人のうちで誰の顔立ちが一番いいか？　答えは決っていた。末の妹、中の妹、ええ、そうなの、ちょっと淋しかったわ、美醜の差異。

カオルさんお元気ですか？　カオルさんあなたがいなくともみんなけっこう楽しく生活しております。ハナヨなどはあなたのことを忘れてしまって、パンを持っていくのも忘れてしまう程なので、学校のことは心配せず家でゆっくり養生して下さい。ナナコ

カオル君は風邪で学校を休んだ。届けられたパンと手紙を憮然とした面持ちで一瞥した。三島由紀夫が檄を読みあげて自殺した時、私はこの手紙文と同じような事を思っていた。三島由紀夫さん、あなたがいなくても――三島由紀夫が憮然とした面持ちで聞くかどうか、冥界に手紙を出したかった。

バモイドオキ神「様」

一九九七年、私は新聞でこの手紙文を読んだそれより先、一九八二年、私はこの手紙文を読んだ。

「やだ、かわいそー！　あんたなんということをしたのですか！　これで点差は十一点に縮まりましたが、ぜんぜんうれしくないです。まったく！」

点差の箇所を除けば、そっくり一九九七年の手紙文への叫びになる。

天女の足

さすらう足　ただよう足　飛び去る足
少年は書いた
　僕を知れば知る程あなたは恥かしくなるだろ

う　ほら目が二つ足が二本もあるよ
天女の足もその意味では
尾鰭のほうがよかった

それにしても
彫られた天女像の天から（空から）舞い降りた風
　情の足指の美事な反りに
〈私は感動する〉

その足で何処を歩いたのだろう
細く魅惑的なその足で
猫のような　盗賊のような　あるいは
飛び去る鳥の二本の足のような

深夜のあいびき
畳のうえをすべる盗賊のような足裏
墓地裏の川端では釣船草が咲いている

夜露にぬれた草を踏んでいる猫のような足裏

言ってごらん　まだある
鎌研女が襲う恐怖に
その足はどう耐えたか
鳥のような二本の足をふまえて

あなたの足はかわいい
誰かの賛辞が聞える
「その足」と誰かがいとおしむ
実際には天地を踏まえて大奮闘した足であったの
　だけれど

美男かずら

おとぎり草の由来は妙に私を安心させた

裏切ったな　寝返ったな　先走ったな
ばっさばっさと斬りたい衝動の
その普遍性が私を喜ばせた
義経めと兄の癇にさわったことを想えば――
弟殺しをしなければならない不幸な兄たち
割られたざくろのどっちを先に食べよう
一瞬のためらい
弟殺しは当然だったのだ

まむし草という名も即物的で気にかかる
この世で私とその草がぎくしゃくと相対さなければならないのは不幸だ
まむし草をみるとまむしを幻視してしまう
まむしの皮の模様が浮かび
ぐずぐずと折れ曲げた体をぞぞぞぞと解いていく
あの瞬間を思うとぞぞぞぞとしてしまう
虫どもの背に浮き出た模様の気味悪さ
もちろん人間と名付けられた生きものの
滑らかな皮もぞぞぞぞとする
もろくてはかなくて
刃物が際限なく恐ろしい
あの危うさにぞぞぞぞとしてしまう

美男かずら
やさやさと美しい木であろう
美男かずらは知らないが
美男は知っている
すでに幾人も土に還ってしまったが――
ほんとうにあなたは美男だった
うわばみなどと言われなかったら
更に極上
あなたの骸の上には
美男かずらが生えるでしょう
うわばみ千匹たむろして

うずらは死んだのかな？

春は雨の日もたのしかった
なにしろ春雨だから
もやもやと靄の夜明け
ゆらゆらと太陽がのぼり
ゆらゆらと陽炎が庭に立つ
うずらは隣の隣の小さな庭の鳥小屋で
昼も夜も鳴いていた
楕円形の背を背負って
堆肥化した巣の上を東西南北歩き廻っていた
うずら　春だよ
すずめのかたびらがいっせいに伸び出した
隣の隣の隣は煙草のわざわい
裏の隣の隣の隣は腎臓のわざわい
裏の隣の隣は酒のわざわい
裏の隣は偏食のたたりとか
七月に死に十月に死に二月に死に六月に死に
霧のようにすうっと消えてしまった
集合住宅　いやさ、
廻りの者たちは長屋と呼んでいたよ

死は死の隣にいてその次を襲った
——それから「一年ののち」
〈フランソワーズ・サガンも死に〉
死の混乱と呪縛から抜け出すと
おや
うずらの鳴き声が聞えない
昼は太陽の申し子の声ばかり
夜は闇の声ばかり
うずら　秋だよ
山奥の村では

きびの重い穂が風にゆられているだろう

夏の夜は死者をかぞえて

あなたが私を迎えている図
——わたしはまた愛されるだろう——

来迎図の見方がかわった
中性化された菩薩たちは
女であるかと思えば口元に髭
男であるかと思うとしなやかな手
いかにも美男美女にして美女に美男
この空飛ぶ一団を構想した
先人たちの隈ない配慮によって
死は宇宙の領域に移されて
わが身一つの苦しみは拡散されるしくみ

あなたが私を迎えている図
——わたしはまた愛されるだろう——

まどわして　まどわされて
黄泉の道行き
恍惚として道を踏みはずせば
小川のほとりに咲いているのは
なつかしい　みそはぎの花
露にきらめく　さわやかな朝
花をきる父や太郎や次郎
それはまた
空飛ぶ一団でもあったのだが

恩寵の夏

喜びにわく初夏の樹々の葉たち
夜明けのうす靄が消えれば
あまどころの葉はその靄で化粧をほどこしている
ういういしい初夏の林を想起させて蜩の声
蜩が夏を連れてくるのだ
その声は過ぎ去った夏をよびさます
泣いていた　おとうと
はは　恋しい夏の朝　だったわ

卓上のあふれんばかりの夏の果物
甘い夏
しかし胡瓜の酢漬けを食べながら
破滅型人間の家系を
笑い合って日が暮れた

ああ蜩の鳴き声が聞える
救済ってあるのかねぇ

西瓜　桃　李　氷菓子
熟れた夏
破滅型人間に育つ筈の幼児たち
それにしては　たのしい夏だったね
自分の胸など叩いては駄目よ

行末不安な家族の団欒のなかに
飛び込んできたのは憧れの夏の使者
救済ではなく　これは恩寵
幾千夜のなかのたった一夜のことかも知れない
蜩の夜　恩寵の夜　更けた夏
蜩を放す
夏を連れて帰っていったわ

七月に降る雨

「女殺油地獄」のポスターが雨に打たれている
連日雨が降っているので
北窓から日に幾度も外を眺める
エノコロ草　メシヒバという夏の草

若い女の猟奇殺人が多発して――と
ニュースが伝えている
断続的にいつの世も多い
その前後の類推は百通り
どの道を通っても背筋は寒くなるばかり

むかし山麓の小村で
逆上した親がわが子を闇の外に追い出した

暫くして探せど探せど幼女は居ない
「暫くの間」の戦慄すべき何事か――

広大な寺領をもつその寺の祭の夜
寺の幼女は祭の中にさまよい出たものか
祭は果て人波も消えて一人残っている筈の幼女も
　いない
祭に忙殺されていた大人たちの慟哭
その先の類推は百通り
どの道を通っても背筋は寒くなるばかり
夏草は茂りに茂り雨は降り続く

「そして長い歳月を経てくるうちに、イプセンが
嬰児殺しとしてのヘッダ・ガーブラーを描いてい
たのだと確信するようになった*」

ヘッダ・テスマン夫人の子宮は死の揺り籠

胎児も死の引きがね
もろともに死んでやるわ
夏草に雨降り止まず
『ヘッダ・ガーブラーの妊娠』*読み終える

＊『ヘッダ・ガーブラーの妊娠―女の性に自滅した近代の神話―』　宮入弘光著

かぐや姫葬送図
―竹林―

淋しいのは春風にゆれている竹林
春雨が降れば更に淋しい
母が死ねばもっと淋しい
瀕死の心臓の持主が見る夢はもっと淋しい
昼と言わず　夜と言わず
葬送の夢ばかり

竹林でかぐや姫が死んだ
子供たちは灯もつけず
母は不慮の事故で病院へ担架で運ばれたのです
　と言った

担架で？

無気味なのは初夏の竹林
竹の葉にしがみつく大虫の無気味
知人縁者集って雨夜の怪談話の末に
行きつくのは竹に巣喰う青虫
ざわざわ林にいつか緑の飛沫がとぶ

竹林でかぐや姫が死んだ
子供たちは灯もつけず
母は一人の女の性癖に殺されたのです
今担架で病院へと言った

担架で?

真冬の夜の竹林は騒々しい
椋鳥の幾百羽が空から突入し
夜中もぞわぞわと声をあげている
椋鳥の幾百羽が囁く
竹林でかぐや姫が死んだ

竹林でかぐや姫が死んだ
子供たちは灯もつけず
母は病院へ担架で運ばれたのですと言った

担架で?

編まなければ　編まなければ
葬送の台を編む

竹を切り竹を割り竹を編む
空葬か風葬か火葬か土葬か
満月の夜か闇夜か真昼か

王の死

子供は夏休み、窓の向うをひたひたと足音がする、学校のプールに行くのだ、なぜか孤独なひびきがする。

素足で魚をつかみに行くのだった
それは至上命令のような気がする
それをこそ運命と言い必然と言い逃れようもない
ぬめぬめと鱗は粘り
魚が転がる度に砂利が貼り付く
魚地獄を抜けなければならない

鱗地獄を抜け出なければと思うが出られない
ひたひたと歩く音、子供が泳ぎに行くのだ、炎天のもと孤独が歩いているような気がする。

川の向うの山に行かなければ
ねばねばの鱗地獄を抜け出なければ
わたしは
他人のために闘っているような気がする
瀕死の心臓の持主が
昼と言わず夜と言わず見ていた夢は
半死半生の夢ばかり

ひたひた水を踏むような音がする、子供が水泳道具を持ってひっそりと行く、ひたひた　ひた、王ともう一人の男が湖への道を行く。

魚をつかみに行くのでもない
泳ぎに行くのでもない
砂利地獄の暗闘も
鱗地獄の狂乱もなく
透明な湖に浮かぶ一つの帽子
死んだ　のだった
それは至上命令のように王を死なせたのだ

小春日和

十月
倉庫のコンクリートの庭に
陽は矩形に照る
ある日
桜を咲かせた位置に
陽が来る時

コンクリートの矩形の庭に
桜が咲きこぼれ　あふれて
そこは　らんまんの春だった

すずらん祭

山や森の
みどりの樹々の
ひそやかな天蓋の下で
深い深い森林を思わせる
すずらんの群落
すずやかな五月の鐘が鳴る
真空のなかの進化論
時よ止れ　時よ止れ
なにものの　さしがねか

六弁の花びらは
白い天蓋の形に融合し
乙女のスカートの下
ペチコートを思わせる
真空のなかの進化論
時よ止れ　時よ止れ

風を追って

私の
見えるかぎりの国では
山々は星
星々は山
すべて天空を背にしている
初夏はうしかい座
麦星から　麦の香の風が

見えるかぎりの山を越すだろう
初秋はこと座
天から琴の音の風が
想念のかぎりの山を越すだろう

山陰に咲くシロショウマは

海辺の行楽地に
わたしはもう一度行かねばなるまい
緑の闇の　山間の料金所
峠の霧の一団の中に次々とまわる赤い標識灯
金銀花の群れは車の疾走に乱舞している
金銀花　卯の花　山陰に咲くシロショウマ
山奥のそのまた山奥で暮らしたい願望
麦秋の平野を飛び
幾何図形の街を抜け　もうすぐ
灰白色の空と海の間から
宝の船が生まれ出るよ
海辺の行楽地に着いたら
わたしは安南の朱の絵皿に
まっしぐら

県境

かつては業火の沼
火口湿原の夏はしずまり
手鏡のような池が真上のものを映している
なんだろう
あの嘘のような荘厳な物たちは
黄道を駆ける日輪

夜ごと姿をかえる月
池のみぎわに立てば雲に星
湿原を囲む斜面の樹々をうつして
暗いエメラルドの水たまり
池は鏡　天空の鏡

火口湿原の秋はしずまり
湿原の最後の水を
ふ　ふ　ふ　ふ
風が追っている
　あれえ　枯野に霜が
　もう霜か
　すぐ雪
そう言って最後の水が消えた

空から虚無の使者が
美しいかたちで舞いおちれば
火口湿原の冬はしずまり
虚無と虚無の長い戯れ
それが池のはじまり
かつては業火の沼の上で

野蒜《のびる》

雨あがりの空のういういしさ
ちぎれて飛び去る雲に手をあげて挨拶する
光が戻ってきて
土からアスファルトの道路から蒸気があがる
母という母達が
おまんじゅうを蒸しているようなうれしさ
きっと水たまりでは
幾百羽の雀がいっせいに水浴びをしているのだ

雨あがりの空のういういしさ
ちぎれて飛び去る雲に手をあげて挨拶する
野を行くと
苺の白い花がぱっちりと目を覚まし
土手では野蒜が　のびる　のびる
雨あがりのこの勢いのよさ
わたしの母といったら
野蒜の酢漬け一瓶残して死んだけれど
野蒜　なんなの　その存在

雨あがりの空のういういしさ
ちぎれて飛び去る雲に手をあげて挨拶する
魔女好きの少女の髪に
西風がたわむれる
雨がさ干した？　靴を干した？　雨コート干した？
うるさいわね母さん
すべてを陽にさらす幸せ
母魔女も干してあげるわ

房すぐり

房すぐりが紅く実った
これ以上紅くならない程に
神経症もまた飽和期に達した

房すぐりのジャムづくり
真人間になったような気分
神経症の終りにあと一歩

種を除くには味噌漉しで
粘性がたかいので煮すぎに用心
神経症の種は龍舌蘭の餌にでも

深紅のジャムの出来あがり
深紅の薔薇　深紅の血
サロメの快感

馬鹿話でいっきょに
神経症はなおるのですよ
「そうでしょうか」

悪夢

巴旦杏の実　熟れておちて
太陽は南にずれた
巴旦杏　ペルシアの寺院の屋根は丸い
ハタン　ハタン
異国語に魅かれて　巴旦杏ぐるい

はたんきょう　その言葉の響きは
破綻鏡　または破綻狂
過去の暗い貌ががぶりと現れるぞえ

この夏
わたしに届いた巴旦杏　四、五十個
誰が死んだのですって？「あの方です」
白い花がぼたん色の果肉になるまでの
春風　驟雨
巴旦杏　花は春の夢
巴旦杏　実は夏の夢
どっさり欲しいわ　悪夢までも

木の国　一

闇にとけていく

山裾を眺めるのが好きだ
今から惨劇が始まるといった様子の
けだもの達が集っている

肉たっぷりの食卓では
言葉なき語り草
ウォ　ウォ　ウォ
塩なし　火なし　人肉なし

肉のない食卓では
殺戮の手筈をととのえる
尾根から谷　谷から尾根
爪の数だけ谷から見上げる月を数えるのだぞ
などと言いながら

惨劇はそれからだ

闇にとけていく
山裾を眺めていると
木の国が「おいで」と呼ぶ
足を踏み入れると
静寂と闇が足をつかんではなさない
骨になるまでの苦しみ

針水晶の指輪

ハリセンボン

ハリセンボンがとらえられ
怒りふくれて針千本ぴんと張っても
取り囲んで眺める者たちは無慈悲だ
ハリセンボンの不運は痛くもかゆくもない

その恰好がおかしくて笑ってしまう罰当りな私もいる
怒りのハリセンボン虚無だよ虚無
行き着くべきところに行き着いた虚無
ハリセンボンの不幸に意味がないのは悲しいことだ

針水晶

飴を伸す時浮き出るあのひかり輝くもの
針水晶の光と線は飴そっくり
逆立つ金の髪　針の山　毅然と交差する線の品格
針水晶の線と針は魔術師
複雑怪奇な黄金柱

はりねずみ

蓑を着た百姓の集団が心のなかを通過する
はりねずみ　蓑しか思い浮かばない
「娘が学校に行く時、その先々で子供の数がだんだんふえて、百姓一揆のようにふくれあがるのです。」
ある日私に来た便り
百姓一揆が私のなかに戻ってきた瞬間だ
考えれば考える程おかしくなって
その日私は幸せだった
とんでもない所を行く百姓一揆の群れ
なぜか雨が降り蓑を着ていなければ似合わない
たそがれ　はりねずみに雨が降る

地下洪水

雨が来そうだ

気がかりなのは墓石の下
空から　したたり落ちる水のこと

誰が去っても　誰が死んでも
お茶の時間は運命のようにくる
郭公が鳴き出したね
クジャクサボテン　アマリリスも咲いている
その花たちの放つ色彩　なんだか
世界もその先からとろけそうだ
ラム酒たっぷりのパンケーキも口のなかでとろけ
る

甘美な六月　甘美な六月　甘美な

標高千メートルの霊園では
ハルゼミの鳴き声が空を覆っている
そこに一羽のほととぎすの侵入
爽やかな風が行ったり来たり

この季節死後の私の骨の上空では
この世がこうして展開されるのだけれど—

誰が去っても　誰が死んでも
残った者たちの運命のような会食
タコのカルパッチョを一皿
ウニ　イクラ　アナゴに卵　馬の舌
まあ
復讐しないからといってなんと怖ろしい
あなたさまの舌が二枚舌にならないといいのだけ
れど

雨が来そうだ
気がかりなのは墓石の下
空から　したたり落ちる水のこと

もののけ

なぜ　そのような
おんぼろ　さんぼろ
身にまとい
風が吹けばそのまま羽根になり飛べそうな姿で
頭が痛いと訴えている
陋屋の障子際に立ち
再び頭が痛いと告げる
どうしようねえ　どうしようねえ
わたしも腹が痛い
万物凍てつき木も裂ける極寒の夜中
ああ腹が痛い
どうしようねえ　どうしようねえ
頭の中　腹の中
その痛みをつきとめるのは面倒で

どうしましょう　どうしましょう
人間の成れの果て

その時目覚めた

この世に帰れない
わが弊衣の俊寛殿*
孤島で頭が痛かったらさぞ難儀
でも大丈夫
永劫にその頭は痛みません
お帰りを

物語の女たちは
生霊に祟られてなよなよと死ぬのだけれど
今では病院で
「奥さん痛いとおっしゃるそこに内臓はありませ
ん　気持ちをらくに——」

そこで正気に戻る
では誰の生霊かしら？
ありとあらゆる罪の集積
大根人参葱牛蒡　白菜青菜玉葱
食べた　生きものの肉

＊謡曲　俊寛

夢列島　一

春は桃色の夕暮
私の初節句を祝って
貧しい私の縁者は
ぺらぺらの掛軸を贈ってくれた
私はこの掛軸が大好きだ

春は桃色の夕暮
富士を背にした海原を
七福神は宝を積んでこの列島にやってくる
舳先には龍
舟は珊瑚の樹を立て
べんざいてんは琵琶を抱えて鳴物入り
えびすもふくろくじゅも大笑いの表情
こぼれるほどの宝を積んでやってくる

その下の本絵は
今しも自動車から降りる花嫁
富士を背に桃色の夕暮
箱型自動車のなかの微細な描写
先駆的な　先駆的な
たいとうとした海と桃色の空
幸せいっぱいの掛軸

夢やぶれて
この列島で私が得たものは何もない
こぼれる程の宝の山はどこへいったのさ
私のたどりついた地上は借りもので
目の前にはインドでつくられた靴下一足
小花模様を織り込んだ茶色の靴下
私はこの靴下が大好きだ
海のむこうからたどりついた宝もの一品

春は桃色の夕暮

夢列島　二

ふわあ

春風のなかを
父と自転車で「おでかけ」だ
わたしは廻る車輪に足先をもぐらせた
春先の川土手を転がり落ちる親子
自身魚のような肉が現れ
つま先にわたしだけの皮膚紋が残った
ふわあ

らせん

隣のおばさんは私の嘘を面白がって誘い出す
私は自分の嘘を嘘のなかで捏造する
架空の男は窃盗犯
桑畑を抜け胡瓜の畝間を逃げることにする
おばさん　おばさん
その間に
あなたの娘が

よその畑で胡瓜を盗っているのが見えるよ

うりふたつ

不運なズッキーニ
胡瓜でも南瓜でも夕顔でもない
ましてへちまでも
不運なズッキーニ
それでもそれらすべてに似ている
不運なズッキーニ
這うことも天に聳えることも株分れもできない
不運なズッキーニ
甘くも苦くも水々しくもない
味なしズッキーニ
不運なわたしがみている

夢列島　三

寺跡公園の欅の若葉の下で
お練り供養の出発を待つ子供たち
頭上に金の冠
その瓔珞《ようらく》は木もれ陽を浴びて泡立ちきらめく
あでやかな稚児の衣装
ここは極楽国で
今日稚児はこの国の使者
薬師さま
無垢なこの子を参らせますゆえ

夢列島　四

こぶしの花の扉を押しあけ押しあけ街道をゆく

こぶしの花いたる所満開で
紅桜　連翹もまじえて
町は明るく立体的
ホテルのショッピングプラザも
花をまじえて夢満載の体
店の机の上に置かれた
深紅のうろこ千枚ほど
きらきら光る透明なうろこ千枚ほど
編まれて深紅のうろこの手提げ
誰か異形な私をお買上げ願いたい

花ぐもりの小高い山のこぶしの花は
夜空ににじむ白い花火
全山白い花火
旧三笠ホテルロビーの写真の中で
近衛夫人徳川夫人黒田夫人毛利夫人
それにしても火の気のないのは極楽も地獄

数ある暖炉の火いっせいに燃えれば
緑の寝椅子は部屋の隅でおまちかね

花ぐもりの空が雲をます
こぶしの花に銀の雨が降りかかる
こぶしの花の扉をとじ扉をとじ街道を帰る

夜更けて雷鳴のとどろき
こぶしの花は身をさらして聞いていよう
忘れよう若い死者たちのこと
こぶしの花の散ることも

地獄極楽海水浴日和

わたしと娘と孫娘
八月九日に海に行く筈だった

九日はわたしがプールに行く日だったので
八月十日に電車で海水浴に行くことにした
どうして九日にプールに行きたかったのか
そういう時の答えは蜘蛛の糸ほどもつれあう

夏の陽は輝き海は群青　遠くに船が――
頭の中は夏の太陽でいっぱい
出発時は曇天　きっと雲は消え去るだろう
駅のホームで電車を待つ間も気にはなった
心のなかで空の雲をなだめようともがいた
次の停車駅が近づくと念力など霧散した
細い雨が屋根に木立ちに小路に降り始めた
気分は地獄行き
途方もない悔恨が私を襲った
灰色の雲　雨と海　雨地獄　水地獄
海になど入りたくないワ
孫娘の高揚した喜びをそぎおとしてしまった

のりこちゃん…

新幹線から普通電車への乗換駅でも
太陽の輝く海行き電車に乗るように
雨地獄行きの電車に当然のように乗った私達
――このままずっと遠くまで電車で行きましょう
か――
娘が言った
私達の不幸は低気圧
私達の不幸はわたしのこだわり
――のりこちゃんはぬり絵に色をつけ始めた――
県境の高原駅では雨は土砂降り
山の樹々は風雨に波打っている
その下では赤ダニ黒蟻どもうごめき
だんだら蛇がぬめぬめと這い廻っているかも知れ
ない

アカソの葉を食べている揚羽蝶の幼虫は
あふれた川水になぶられ　あ　あ　あ
その姿は見たくない
美しいという色の攪乱地獄
まんだら絵も苦しい欺満
大日如来は助けてくれないの　太陽　太陽
自分に腹立たしいわたしはそこまでつきすすんだ
心のなかでは雲をなだめようともがき通したわた
し

生きものはすべて現象の目測者
この雲は動く
県境を越えると風雨は霧雨にかわってきた
海の方角に雲の切れ目が現れた
雲の裂け目は黄色に染まっている　陽の光　陽の
光
一駅過ぎると樹々の濡れた葉は陽に照り映えてい
る
雲は千切れて勢いよく飛び去る　念力　念力
娘は愁眉を開き
のりこちゃんが「天気になったわよ」と言った
地獄はぱたんと極楽にかわった
太陽の輝く海行き電車から降り
私達は嬉々としてタクシーで海水浴場に着いた
夏の陽は輝き海は群青　遠くに船が――
浮輪をもった孫娘が海に駆けて行く
責苦から解放されたわたしが叫んだ
のりこちゃーん　待って！

あとがき

十年の時が過ぎると詩集を一冊つくる。

十年の間に幾篇の詩を書いただろうか、その中から「市民詩集の会」「しある」「現代詩図鑑」「詩と詩想」等に書いた二十六篇をまとめた。

その間「市民詩集の会」の山田寂雀氏の締切十日前の詩の督促状のような「締切日お知らせ葉書」は実に有効だった。二十三年間も続いている。

更にもう一つの二十三年間は、安曇野市在住の文筆家、柳裕氏「毒のない詩はつまらない」が持論、毒杯がこわい私はなかなか毒をつくれない。こうして二十三年間、私に毒を、毒を、とおっしゃり続けた。毒とは、ある意味ではこの世のあらゆる不幸な出来事への鎮魂歌でもある。

最後に「しある」の仲間の皆様、「現代詩図鑑」の真神博様、鳥影社の百瀬様、今在ることの感謝を込めて、ありがとうございました。

二〇〇六年　秋

佐藤すぎ子

詩集『野山寂寂—永遠の塔・永遠の名前』（二〇一六年）全篇

I

わたしは旅の者（一）

河原茱萸《ぐみ》
わたしが育った地方の河原には　河原茱萸は生えていなかった
だから
その河原の河原茱萸は異郷の思いをわたしに抱かせた
ここは異郷　わたしは流れてきたのだ
髪ブラシ　タオル　チリ紙を手提げに入れて
心はらせん状の空白
その先からすべてがぽわっと消えてさみしかった
さみしい者たちが心の空洞を抱えて夜の川に向かう
カンテラを提げバケツを提げて鰍《かじか》をとりに行くのだ
遠くで打ち上げ花火の音がする
背後の山は黒々と立ち　川は闇をとかして
まったくの「墨だ川」

石を持ち上げると鰍は張り付いている
喚声があがり空洞がうまる　幸いなるかな
熱気に満ちて夜道を帰る
机の上でつくづく鰍を眺めた
鰍に課せられた奇怪な姿
奇怪という悲しみがそこにいる

癒しと残酷劇の最後の仕上げは
煮える油鍋に生きた鰍をほうり込んで幕引き
昼もめくられる　夜もめくられる

夜中河原の砂利とり場で惨事が起きた
重機のキャタピラが音もなく人体の上を進んだ
わたしたちは鰍の命をとったばかりで
鰍の復讐とは思いたくない
操作のあやまり　操作のあやまり
死んだ男の妻が遠くから駆けつけた
そうか　死んだ男も異郷の死だったのだ
妻は赤い靴下をはいてきて　なぜかそれが強く心
　に残った
赤い靴下の妻が帰って
無残な死も一件落着

河原に秋風が吹いた

死んだ男も色白だったが　その再来のような少年
　がいた
暖かい秋の午後　彼は河原茱萸の枝をかかえる程
　折ってきた
平穏な時が満ちた
居合せた者たちはつくづく茱萸の赤い実を眺めた
茎にも実にも銀の粒がちりばめられている
豪奢なよそおい
川は渇水期で
銀色の龍の背のうろこのような小波をたてて流れ
　ている

年を経て旅の途中
わたしは河原茱萸の生えている川を行きずりに眺
　めた

川は渇水期で
銀色の龍の背のうろこのような小波をたてて流れ
ていた

わたしは旅の者（二）

野原にさしかかった
野原の先には人家も見える
野原の真ん中あたりに異様なものがある
ここは廃寺だろうか
しかし野原だ
真昼の陽を浴びて大きな石の輪がころがっている
真新しい石には蓮の花のような花弁が彫られ
それはどう見ても仏像か仏塔の台座に見える
この大車輪のような台座が何故ここにあるのか解
らない
見る程に妖気を含んで
ごろりごろりところがる台座
だんだん死霊の気配がたちあがってくる
夜　この有様をみるのはたまらない
雨の日も　雪の日も　花吹雪の日でさえたまらな
い
若しや　これらの台座の上には建つべき仏塔があ
り
その仏塔に納まるべき死霊があったのかも知れな
い
ここは未来の寺か
しかし野原だ
わたしは　さまよえる死霊の
さまよえる塔と名づけて
そこを去った

邪念

そば

花ざかりの　そば畑を
幌馬車を模した
機動幌車が行く
幌は頭上だけ
八人ばかりの頭が揺れる
その乗客のなんといとしい姿
幌車に乗り　初秋の陽を浴び
そばの花見物に行きたい
ただそれだけ　邪念のないのがいい
そばの花を見るために幌車にゆられ
今日を生きる
ただそれだけ　邪念のないのがいい

——道行きのあとの心中思いもよらず——

トウガラシ

バナナ・ナンバンという苗をもらった
別種のナンバンより勢いがいい
その実は殺される程辛いと聞いた
黄色に肥り入り組んで肥り
輝くばかりの朱赤色に肥り
ある日地に横たわっている
美女の突然の死のように
拾いあげ持ち帰り日ごと夜ごと眺めた
朱赤色の至宝を
やがてぶよぶよになり赤黒く皮がよじれ
見るも無残な美女の屍と化した

——むかしあの子を死なせたのはわたしです——

蛆虫

干し大根の炒め煮をもらって食べた
おいしかったのでつくり方を教わった
生で干します
簡単なことは大好き
二月・三月心はおだやかだった
当然太陽も風をもうらむことなく暮らした
切った大根を朝に出し夕べに取り込んだ
朝がほほえみ　夕べもほほえんだ
水仙の花芽が出る頃カラカラに仕上がった
大根の端境期に食べるのね
油で炒め砂糖と醬油でトロトロと煮る
べっこう色の食べもの——を夢みていた
この夏は狂った　私も狂わされた
灼熱の夏が襲い干し大根など忘れてしまった
死にそうです　死にそうです　この世の終り
私達はこう言い合った
心は不幸の方に傾き
当然太陽も風をも呪った
完全密封した筈の干し大根に蛆が湧いていた
なにもかもすべておしまいよ
最後に残るのは蛆虫だけってわかったわ

並いる上人様へ

大泣き

車椅子にのった肥った女が
道で大泣きしていた
近所の一人暮らしの知り合いの女が
ひっそりと死んでいた

わたしはあの人を知っているのでと泣いた
その車椅子の女を長らく見かけなかった
存在すら忘れていた
所用で訪ねた人の話では
肥った女はますます肥り立つこともままならず坐
　ったまま上衣だけしか着ていない
下は素裸のまま　その有様たるや無残
冬は寒いでしょう　と言ってみても
年下の痩せた夫がいるので誰も行かない
幾年が過ぎたのやらも忘れた
肥った女が救急車で運ばれ死んだようだが
それっきり　何処に葬ったのやら
すぐさま痩せた男の所に
近所の体格のいい女が通い出した
太陽は照り風も吹いている
山も端然とある

慟哭スープ

もろこし好きの子でした

あなたの父は去ってしまった、と？

嘘でしょう？

今年ももろこしは食べきれない
蒸して実をおとし冷凍庫にいっぱい
月影おちる霜の降る夜
熱い熱いもろこしスープをつくる
春一番の吹き荒れる夜もつくる
五月雨の夜もつくる
今日は死ぬという日のことまでは考えない

もろこし好きの子は男子になった

あなたに届けたい
もろこしスープ
父が去ってしまったのなら
あなたに届けようもない
悲しみのもろこしスープ
慟哭のもろこしスープ

山シギ料理

――鴫たつ沢の――

秋の夕暮れは淋しかった
くろもじの葉の落ちる沢は淋しかった
母が家出していて淋しかった
寄る辺なく秋の野山をさまよい歩いた
「ろくでなしたち」と祖母が怒っていた

鴫たつ沢の
小川の川端には
芹　はこべ　沢蟹　蛙
皿の上の山シギはなにを食べていたのやら
脚を高々と宙に放って盛られている

子をとろ　親とろ　親とろ　子とろ
呪文が近づいてきそうな秋の夕暮れ
鴫たつ沢は淋しかった
時雨が夕闇を早く連れてきた
親か子か　哀れな山シギ

（魚系の味に赤ワインでさっぱりと）
（山シギのソテイ・キノコ添え）
メニューの宣伝文

南の国

初夏　南の国から運ばれてくる
マンゴスチンの実
その実の天辺のはなびら模様が好きだ
昔　学校の本にドリアンとマンゴスチンは果物の
　王様と書いてあった
一本気な私
大人になったら父と母に果物の王様を　と
心に誓った
だが　どんどん軌道をはずれて
南の国にマンゴスチンを買いに行けなかった
収入というものなし
無様な娘を悲しみながら父も母も死んだ
時おそし
果物の王様は店頭におでましになった
王様にもの申す
その実の天辺のはなびら模様
乾けば爪も立たない永遠の様相の
その浮き彫りはどこの彫り師が彫ったのですか
ああそれは地の底または空の果てから

マンゴスチンと名付けられた暗紫色の実の浮き彫
り
その正体もつきとめられぬまま
ある日私は死ぬだろう
黙して語らぬ存在の中の存在
二重構造のなかで私は悶々と死ぬ
死もまた同じからくり
マンゴスチンの浮き彫り模様
王様もきっと言う
「わたしぁ知らないよ」

一番の恐怖

雪の降る晩に

真夏の太陽に焼かれ
ふき出る汗を拭い上気した顔で
私たちは収穫したものを分ち合う
ねえ枝豆をどうぞ
まあ　そんなにたくさん
そうおっしゃらずに　冷凍しておけば――
そうね　雪の降る晩に青い豆を食べるというのも
そう　雪の降る晩に青い鳥を探しに行くというの
も
白一色崖が埋もれているかも知れません
ではやはり家で青い豆を食べるということに

一番の恐怖

人参をどうぞ
そんなにたくさん
そうおっしゃらずに　揚羽の幼虫がいっぱいで
私たちは両手を胸の前で振り嫌悪を分ち合う
それで抜いてしまいましたの
幼虫と人参の心中ですね
こうしなければ人参畑はおそろしくて行けません
ので

一切経

飛騨の詩人が死んだ
「あほだら経一巻お届けします」

それは詩集だ
その一行はこのうえなく愉快だった
浮世は生きるに忙しく「あほだら経は読んだが
遂に経を読む暇がなかった」
死んだら暇だろう　ゆっくり読もう万巻の経を
さよなら「あほだら経」の主
その詩は　風と砂漠と美髯の男たちのうた

悲しみでいっぱい

春が来そうで来ない
黄砂の舞う日は
死んだ人たちに長い手紙を書く
「邪悪な女が私を苦しめているのです」
・
白い花の咲く
青い嵐という日には
風の当らない流し場で
むかしむかしの人形の衣装を洗っている
くじゃくサボテン　つりがね草咲く
梅雨の午後の憂うつ
邪悪な女　嘆きの老女
死にゆく私という存在

六月の小鳥たち

六月の小鳥たち

とりわけ早朝と夕暮れに
それはそれは美しい声で鳴くのだった
日の真ん中は何処にいる

森の木陰で虫をついばんでいる
胃の中は緑の血でたっぷ　たっぷ
――トゲトゲ日輪は地球をころがして――

ババマのホテル

ババマのホテルの朝食
それはそれは香ばしいトースト
網焼きパンの香りは忘れられないわ　と娘
炭火の上に網を載せて焼いたのかしら　と母
二十年経った今も
ババマのホテルの調理場には炭火が焼えて
網の上にはパンが
――トゲトゲ日輪は地球をころがして――

月の色

「ポンデケージョ」と名付けられたパン菓子
夜空に浮いている十五夜の月のような色で
甘いケーキを食べた後だとこの塩味はいいわと娘
タピオカ澱粉　チーズ　マーガリン　シリコーン　まあ万国博覧会のような　と母
――トゲトゲ日輪は海をころがして――

明日は通夜

夜の夜中大慌てで胡瓜五十本が届けられた
塩水に漬けて一夜漬けをつくりなさい
胡瓜五十本を前に疲労困憊している
どこかへ逃れたい
死と胡瓜から逃れたい

――トゲトゲ日輪は夜をころがして――

八月の小夜曲

（一）

スタノボイ山脈から吹く風が来た
その舌先はすでに冷たい
灰色の海を渡る　その海を
「雪降る海」と言おうか

八月の朝
朝鮮あさがおの白い帽子
ひまわりはカワラヒワの到来を待っている
さるすべり炎暑の名残りの
百日草その来たるべき凋落の予感を懐しむ

八月の午後
食べ物に関する六十四話の小説を読む
三回目
幾度読んでも覚えられない
六十四話目はただの四文字
「甘き蜜よ」

（二）

八月の夜
仄暗い野道に行きたいのは闇への陶酔願望
何処まで行っても虫の音
カンタン　アオマツムシ　シバスズのうた
犇めくいのちの呪文　犇めく嘆きのうた
八月の小夜曲

スタノボイ山脈　シホテアリニ山脈
もう一つ　小シンアンリン山脈を越えて
日本海を渡る
初秋の風はこうして私に吹く

夏の終りの八月のうた
穫れたものたちは小屋にころがり
小屋の屋根には月の光がみちる
大いなる安息

八月は収穫月
春の終りに死んだ者が植えていった
じゃがいもが実った
死者よ掘りに来るのだ
ほらほら
梯子をおろす　梯子をおろす

よこしまに生き残ったわたしたち
色とりどりの果肉にかぶりつく
ハタンキョウ　ネクタリン　ソルダム　西瓜
果汁が腕をつたわって滴りおちる
ほらほら
滴りおちる　滴りおちる

八月は安息月
何度心に銛を撃たれたことか
体には言葉の矢を
もうおしまいです　おしまいです
夏の終りの八月のうた

「盗っ人窪」のヌスビトハギ

十二の森　十三塚　盗っ人窪

そんな地名に囲まれていた

十二の森は十三の森ではいけなかったのか
十三塚は十四塚ではいけなかったのか
盗っ人窪は隠者窪ではいけなかったのか

十二の森には行ったことはないが
あれが十二の森で　と田圃のなかの松並木を指差
　された
むかしむかしと話す者も　もう居ない
名前だけが何かを訴えているのだ
そうではないか

十二の森には十二人が葬られていて
月明りの夜には十二人は出掛りて行く
あれは狐火だろうか　山鳥の尾だろうか
いや違う

思い出しては地上に置き忘れたものを取りに行く
　のだ

十三塚は一面平らな畑で
その中を一本の道が貫く
桑畑　麦畑　豆畑
さわさわ　さわさわと風が吹く

もっとも恐しかったのは薄明りの月夜
髪ふり乱した女が道端からぬっと立った
瞬時亡霊かと男は立ちすくみ
この世の亡霊を信じた
それはそれは恐しかったと
通りかかった男は語った

ならば髪ふり乱した女は怨霊の化身
十三塚には十三の首が葬られていて

怨霊は十三回現れる
いや違う
あの女は徘徊の老女　十三塚は一面の畑で

地溝は延々四キロ
盗っ人窪と呼んだのは
盗人の姿が見えない程深い窪地だったから
郷土史家が言った
そうか　それだけか

群盗が南瓜じゃがいも粟黍なんでもござれと
盗んではほどこし　盗んではほどこし
義賊の頭は遂にとらえられ
雪の降る日裸馬にのせられ引き廻しのうえ
そうか　それはなかったのか

春は盗っ人窪の土手におきな草
夏はシモツケ　アカショウマ
秋には侘しいヌスビトハギが実をむすぶ

II

鶏小屋

鶏小屋は村のいたる所にあった
貧しい者は棒切れを縄で編んで柵をつくった
富める者は金網を買って柵をめぐらせた
不器用な男の鶏小屋は隙間だらけで
月の光が皓々と差し込んでいた
外においで　と光が言った　ようだった
鶏の目は昼間だと錯覚した
村を抜け野を抜け峠を越えた

山麓の村まで行ったがその先は火の山だった
最後の客がプリンを注文した
なかなか運ばれない
母が娘に言った
卵が切れてしまったのよ　買いに行ったんだわ
母と娘はにっと笑った

卵買いは走った
町を抜け野を抜け峠を越えた

山麓の村まで行ったがその先け火の山だった
鶏と卵買いはやあやあと出合った
夜が明ける
次の日が来たので鶏は卵を産んだ
卵買いはにっこり笑った
コケッコ　コケッコ鶏は鳴きながら同じ道を卵買いと帰った
村のいたる所にある鶏小屋の鶏たちはその声で目覚めた
村人たちも目覚めた
卵買いはたくさん卵を買った

プリンは品切れになりましたので
給仕が言いにきた
その時母と娘はまだ野道をさまよっていた
この世で怖いものは——
ミイラ　揚羽蝶の幼虫　火山の泥流　永劫の闇
給仕が去ると母が娘に言った
やっぱり卵がなかったのよ
母と娘はにっと笑った

「ジャンバラヤ」

米　タマネギ　ピーマン　パプリカ　エビ　ウイ
　ンナソーセージ　トマトケチャップ　コンソメ
　顆粒　カレー粉
油で炒めて煮れば「ジャンバラヤ」
わたしは疲れていた
冷蔵庫にはエビがないだけ　その他は揃っている
わたしは疲れていた
そこへ思いがけず知人が「ごはん食べた?」と訪
　れた
小鍋にカレーを入れて
「いいえまだ」わたしは今夜のおかずにありつけた
食べる程に唇にからみつくものがある
髪の毛とおぼしいものが唇から伸びてきた

「よくあることよ」
精神的苦痛に似たものが胸にただよい　しばらく
　滅入った
カレーはいっぱい　シーチキンカレー
食べものは武装してつくらなければいけないのだ
そう思いながらも食べ終えた
まだまだ小鍋にカレーはいっぱい
わたしは覚悟した
たかが髪の毛一本何程のこともない
次の日はカレーうどんにしよう
うどんに紫玉葱の酢漬けも入れた卵も入れた
かき交ぜて　かき交ぜて味は上上
わたしのジャンバラヤ
決定的なある日わたしは思いめぐらすだろうか
このジャンバラヤ
壺のなかのありとあらゆる骨をゆすりあげ
とんと叩いて納める最後の仕上げの幻視

自分のジャンバラヤと一緒に

夜明け五十個の南瓜は畑にいる

老婦人たち
隣同士の畑に手間いらずの南瓜を蒔いた
南瓜は喜んで畑いっぱい手をのばした
わが王国
スベリヒユ生えてはならぬ
メヒシバ生えてはならぬ
オヒシバ生えてはならぬ
葉を広げ蔓を伸ばして縦横無尽
風にのって皆殺しの歌が聞える
柿の木の下で老婦人たち
ほほほ　手間いらず

畑には五十個の南瓜
トマトも　もろこしも
狸か猿　あるいは白貂に襲われた
南瓜は無傷
　　では夜な夜な馬車になって
　　　　そうかも知れない
五十の馬車が夜の空を駆けめぐる
恋する乙女の遠出は見ないふり
夜明け五十個の南瓜は畑にいる
秋の陽を浴びて老婦人たち
ほほほ　手間いらず

赤ずきんちゃんを読んでいない

童話の中の子供たちは森へ行く
雪の森へ

小人の森へ
オオカミの森へ
青い鳥の森へ

私も森へ行きたい
赤い蛇苺の群れる森へ
サルトリイバラのからむ森へ
キイロシメジが生える森へ
キジの卵が九つ見付かる森へ

童話の中の子供たちは森へ行く
祖母を生きかえらせるため
眠りから覚めるため
王妃になるため
幸せの幕を開けるため

私も森へ行きたい

蛇苺は赤いだけ
サルトリイバラは痛いだけ
キイロシメジは崖っぷち
キジの卵を数えていると音がする
毒蛇が近づく音がする

森は怖い
娘たちは森に連れ去られる
幸せの扉を閉じるため
帰らずの森
橋が折れる森
ロウソクの尽きる遠い森
白骨の森

誰かが私に言ったの
まあまあ　あなたはなんとか生きのびて――

野辺おくり

「二十日ねずみが砂糖の袋を喰い破って食べてい
　たのです」
土は土色に凍み　雪は夜通し降る
二十日ねずみはひもじい
コンクリートの壁の一糎の剝落を探し当てた
「おいで仲間」砂糖の袋が積まれてある
「おいで仲間」ねずみがそう言ったかどうか
ねずみは舐めた
ビニール袋のあちこちを喰い破り舐めた
甘いもの腹いっぱい
雪は降る　白い雪は降り積もる
ねずみはそれから何処へ行ったのか
皆目わからない

「ねずみが小麦粉の袋を喰い破って粉を食べてい
　る」
月の光は凍土の上を薄く覆っている
月は地球を横目に駆けて行くようにみえる
「行くぞ」とねずみの兄貴「おお」と弟が答えた
　かどうか
粉を蹴散らし飛び跳ねて競って食べた
粉　粉　粉　おいしいグルテン
　　――月かたぶきぬ――
いにしえの人はうたった

「二十日ねずみが菓子箱に入っていた」
びっくり仰天
いきなり蓋を閉め紙テープでぐるぐる巻きにして
　殺虫剤を吹きつけ燃えるゴミ袋に入れた
りんごパイを食べながら焼かれる筈
真冬の暮れ方

ねずみはひもじい　闇が待てない　早々と
「行こうぜ」「あいよ」そう言ったかどうか
甘い匂いのりんごパイの箱を探しあてた
すき間に入り込む
とても幸せ　うっとりとかじった　と
暗闇が音を立てておちてきた

野末（一）

崖のふちに建つ小さな小屋のような社
五、六人が坐るとがたぴし崩れそうだった
燃えるような夏の日の午後
神を祭るべく幾人かが集まる
胡瓜の粕もみ一品たずさえて
父が野道を行くたよりない旅人のような姿で
きわだって記憶に残る日がある

その日稲の葉に照っていた太陽の光
その日みた蛙の金に縁どられた目
その日みた遠い村の屋根の色

社で父たちは何を祈るのだろう
神主の祝詞を耳に胸のうちでとなえる
　ふらちな者どもの行く末を
ふらちな者とは　わたしだけれど

崖のふちに建つ小屋のような社
床下を微風が行ったり来たり
埃まみれの板敷きの下に一匹いる
ふらちな者どもの行く末など知るものか
蛙　むかで　野ねずみ　蟻地獄
二本あしも三十本あしも飲み込む
そのものは滑って野に出て行く
ふらちな者どもの行く末など知るものか

野末（二）

少年たちは優しい　あるいは息子たちは
獰猛な牙はまだのびず
あなたは　まず母への奉仕者
捧げるものを持っては帰ってくる

ナナフシを見付けたよ
不思議な生きものね
桜の樹に貼り付いているわ

野に行ったら花がたくさん咲いていたよ
やさしい山の花束　夏の七草と言いたいね
ききょう　なでしこ　おみなえし　すすき
われもこう　ふじばかま　とらのお
ナナフシふしぎ　七草山のおくりもの

山道を歩いていたら
アケビの蔓に異形な虫を見付けてね
虫の姿を忘れないうちに描いておいたよ
不気味な虫をそっくりそのまま描いた
上手に描けて見るのも辛い
この世にこれほど恐しい姿のものがあろうか
これこれ　その絵を家の何処に置いたらいいか
四六時中悪夢にうなされそうだよ

青年たちは酷薄　あるいは息子たちは
獰猛な牙の先は自己破滅へとつきすすむ
結婚することにしたよ
そうかい　なにやら狐にだまされそうな予感がするよ

おそろしや　野山茫茫

母への捧げもの

卯の花

「一山の開祖の御堂に毎日食事を運び供える映像
をみた」

――ならば　あの人たちにも誰か　誰か――

夜明け雨蛙が鳴いている六月の朝
野辺には空木が雨に濡れているだろう
その花房は重く垂れ起きあがれない
千の花弁はちりんちりんの音もない
雨のなか空木の幹を切りに行き
あの子たちは笛をつくっていたような
表の皮の下のあざやかな黄緑色

忘れられない初夏の色
笛づくり小僧たちは揃って短命だった
「御飯を供えておくれ　トマト胡瓜も供えておく
れ　空木の笛も供えておくれ」

畑境の空木の辺りで幼い子は砂遊びをしている
親は畑仕事　空には雲雀が鳴いている
空木に花が咲き三日続きの雨が降る
空木の辺りで遊んでいた子が川に落ちた
時を巻き戻す天使は雲がくれ
雲雀の鳴いていた時に戻りたいと　まわりの者は
よよと泣いた
空木童子　空木童子は短命だった
「御飯を供えておくれ　百年分の太陽の光も供え
ておくれ　手鞠　李も供えておくれ　卯の花も
供えておくれ」

卯の花に雨が止み
六月の午後の陽がこの世を覆った
淡い橙色の紗をかけて

うつろ

三月の薄曇り日
二羽の山鳩がひっそりと枯草の中にうずくまっている
陽は仄明るく中天にある
なにも望まなくなった
コクリ　コクリ
死のように無になりたい

六月の夜
頭上に麦星
麦は土を白い粉にかえているはず
白昼
時に黄緑色の疾風が吹き抜けると
麦は長い芒《ノギ》を髪のようにして波打つ
千里の果てを想わせる程
命をつなぎとめてくれる筈のものが
なぜか茫漠とした虚無の姿にうつる
この風のうつろ

炎天

七月の炎天
少女が籠を持って坂道を急ぐ
このことを　この世の誰も知らない
待っているのは木苺
蛇も毛虫も待っている

ちち　はは　いもうと　おとうとも
いっとき忘れる
蛇も毛虫も忘れる
燃える太陽と朱色の実
生きていることとは木苺摘み
刺をかき分け籠いっぱい
絶対孤独の木苺摘み

離れ屋

——アンリ・ル・シダネルの絵「離れ屋」はわたしを春の夜に連れ込んで離さない——

あの離れ屋にわたしは行きたい
春の夜だ

門柱の外も内も花盛りの木立ち
丸屋根にはまぼろしのような風見鶏
暖炉の煙突　窓の灯り　ほのかにほのかに
わたしは行きたい

ビロードの黒いマントをまとった御者が馬車を駆けてくる
黒い山羊の群れが通り過ぎて行く
こうして春の夜が出来あがる
背後の森には夜の生きものの気配
色をまとい毛をまとい羽根をまとい
あるいは皮だけの
それでもわたしは行きたい

ギイーと軋む戸をあける
小屋に住みつく二匹の黒トカゲの親子
彼らの出入りは戸口の隙間だ

部屋の隅の壺には乾いた千日紅
棚の下の野菜置場は端境期でじゃがいもだけ
食卓には
春はやばやと芽吹くルバーブの砂糖煮
ヨーグルトにライ麦パン　淡い春の宴

いつか慰めたいと思っていたのに
早い死が訪れてしまった
夜ごとあなたを呼び出し
慰めの宴を繰返したい
話しなさい　遺恨を　遺恨を　遺恨を
森の中のあの「離れ屋」とは似つかぬ
貧しいわたしの小屋で

最悪

脇谷紘版画「千一夜物語」曲解

暗い部屋に二人の男が坐っている
見たこともない怪異なこの貌は何者だ
口が裂けている　死神らしい
男が目を見開いて秤を吊しそれを凝視している
生死をはかる魔法の秤
もう一人の気の弱そうな男は目をそらしている
「計れ」と死神が言っているのだな
「見よ」と秤の男が気の弱そうな男の手をとる
死神がどちらを先に連れていこうかとしている場
　面
どっちに動いた　暗くて見えない
どっちに動いた　暗くて見えない

仲間よ
死ぬということは生まれる前に戻ることだよ
再びの未来世界が待っている
落着いてよく見よ
秤は平衡のまま
そっちに傾けばお前
こっちに傾けばわたし
秤は平衡のまま
どっちに動いた
秤は平衡のまま
仕方ない

帰りたい場所

波のうねりはゆったりとして
はるか水平線はでこぼこ
お椀のような小舟の舳先には
櫂を持った一人の男
小舟の中ではぎっしり十人ばかり
みんな笑って舟出した
みんな笑って櫂を漕いだ
何処へ行くのだ
十一人の帰りたい場所へ
十一人のそれぞれ帰りたい場所へ
エッサラ　エッサラ　十一人の漲る力

舳先の男の見たものは
でこぼこ水平線の上の明るい空の上
明るい空の上の黒い帯
櫂を漕ぐ十人は黒雲に背を向けて
エッサラ　エッサラ
舳先の男の血が冷えていく
一人の男をのぞいて

エッサラ　エッサラ
やがて
力の限りを尽して同じ場所に帰っていった

永遠の塔　永遠の名前

タージ・マハル
壮麗な柩の塔の写真を眺めていると
生と死と「おぼつかない永遠」についての思いが
　わきあがる
「おぼつかない永遠」誰が永遠を知ろうか
それでも永遠が脳裡をよぎる
死者のため壮麗な塔をつくった人も
死者のため墓誌に二行を書き識した人たちも
遠い世の光　いとしい者よ永遠なれと
陽を受けている塔や墓誌がよぎりはしなかったか

タージ・マハル　壮麗な柩の塔
数ある尖塔は朝陽に輝き夕陽に照り映え
池に映るもう一つのタージ・マハルは
天に正面を映してみせる
誠実なあまりにも誠実な王様
生き残った者のつとめと
墓づくりに没頭
なんと幸せな死者　崖崩れの心配もなく
こんなに鄭重に安置されるなら
幾度でも死んでみたい

春秋の彼岸　夏の盆
その墓参のつど気になっている墓誌がある
一族の墓誌のなかに
カタカナ名前の二行がある
孝順長女ヤヨリ

八頼童女大正三年八月十八日歿享年二歳
はじめ何に由った名前か解せなかった
墓は傾斜地の中腹にあり
不便な場所から移してつくられたばかり
昔は土葬でヤヨリさんの痕跡はあったろうかと勘
　ぐる
親の愛　天地の恵み
百年生きられる筈なら百年分の命の糧も二年ばか
　りの享受
谷間の村の傾斜地の墓地
ヤヨリ二歳で歿した　とだけ

あとがき

　肌寒い三月の午後、近所のおじいさんが死んだ、墓掘当番の人たちが穴を掘っていた。
　学校の帰り私たちは好奇心にかられて穴掘りをみに行った。そこでみたものは、土の色が染み込んだ褐色の頭蓋骨だった。しかも生なましいことに黒い髪を一握り垂らして隣の石塔の上に置かれていた。この世が裏返ってしまった。今生きている人たちが、すべてあの姿になるのだと思うと涙があふれてとめどなかった、幾夜か布団のなかで泣いた、私たちは九歳だった。
　手紙
――眠り以外に欲しいものは何もない、暖い毛布と、やわらかい草と風をさける岩があったら僕は何も食べずにねつづけるだろう。地球はせまいねぇ、たった一人の人間がねむる土地すらない、死人を火葬にするなん

て、ひどいや、たった五尺の穴すら与えてくれないんだ
――

狭い墓を掘り返して死人を埋めるなどということがなかったら、あのおぞましい頭蓋骨をみることもなかったのだ。この手紙の主は私がその姉に書き送った手紙をいつか盗み読みして、手紙を送ってきた、姉にも弟にも会ったことはない、それにしても私たちは十八歳だった。

手紙

――その前に自分の正体をあばさますなら、氏の足下にあり、又は頭上に舞い、氏のすへての行動を支配するをもって、日用の糧とし、羊の皮をあみたる靴のかかとを、とんとならして爪先立ち、紫煙をはいて氏のまわりを乱舞する、いともシャレタ小悪魔でござる。氏が十九世紀文学的ボヘミアンらしく振る舞うの様、あれこれと差出口するのあまり、ここに貴女にも云云する次第――

手紙

――死は足音をさせません、しのびより、しのびさる、意気地なし、ここへおいで、うじ虫を育てるために人は死ぬのです、なんとこの椅子の固いこと、もうじき年をとります、すると二十二歳、二つも年を取られるなんて情けないや。

うたって下さい墓石と青草の歌を、彼は死ぬかも知れません、僕は泣いてはいけないのです、つるとかめのスープはおいしいかしら、大嫌いだった春がもうじき来る、取巻連がいなくなったら、寒くなったねぇ――

暮らしがかわって手紙の行き先が転転とかわった、さようなら私の中の永遠の少年。

手紙

――僕は珍しくも二十世紀の人間なんだ、つまり狂気持ちなのさ、二十世紀的犯罪者って言うのだそうだ――
二十一世紀になってしまった。もう死んだかも知れない。

二〇一六年六月

佐藤すぎ子

未刊詩集『鳥去れば　空は』（二〇二二年）

I

へびいちご幻想（三）

家裏の湿った土にすぎなが生えはじめた
そこへ
目を病んでいる老いた雄猫が
雌猫の後を追ってきてそのまま居坐って動かない
丈高い箱のような物の上に載った雌猫も動かない
六月の日は過ぎていく
猫の形の型に流し込まれた猫
つくづくそう思いながら
人間の形の型に流し込まれた　わたし
が
時どきその状景をみている

猫の体の下では
今日生えるべき順番のすぎなが
もんもんとしている
――かも知れない

家裏にはびこり出したすぎな
その根は地獄までも届くというではないか
鉄色の紐のような根が地下をすすんでいく
お　ここは人骨
突然横にそれて
お　ここは青玉鋼石
こんな具合だ
地獄めぐり　宝石めぐりの　すぎなの根

日暮れて猫は解散する
日暮れて入江という入江に舟も帰るだろうか

馬頭観世音

釜田と名付けられた窪地はどうなったかと訪うと
住み続けている者は言った
釜田は高速道の枝分かれの最終料金所になり
舗装道路となった
秋釜田の北崖の裾には白菊が咲いた
秋の終りを知らせてその花は山菊と言った
その花に夕暮れがくると悲しみがあたりにただよ
った
万年そこにいたものたちが葬り去られた

崖の坂をのぼると松林の山
正面に馬頭観世音の石が前のめりに立っている
倒れそうで倒れない馬頭観世音
そこで道は五つに分かれる
祭りの日に一度だけ買いに行くぶどう畑への道
とうなす南瓜粟黍畑への道
夏の夕方咲くユウスゲの野への道
東西に通じる山の小径
住み続けている者は言った
ユウスゲの咲く野の先には養護老人ホーム
そうか二十一世紀長寿の村と言うのだよ
春にはセンボンヤリ　ミヤマアズマギク
夏はユウスゲ　キキョウ
万年そこにあったものが葬り去られた

とうなす南瓜粟黍畑その先の盗っ人窪はそのまま
　かと訪えば
とうなす南瓜粟黍畑はブロッコリー畑

その先の盗っ人窪は埋め立てられ更にその先には
明るく広い斎場　炉がたくさんの斎場が建った
住み続けている者は言った
春はおきな草　夏にはシモツケ　アカショウマ
秋にはヌスビトハギが実をむすぶ
明るい天国への入口への道が
万年そこにいたものたちを葬り去った

二〇一四年残酷月

さそり座

夏　南の夜空によこたわる
さそり座と名付けられた星のちらばり
来る夏ごとに探す
その姿を今年は一度眺めただけ
夕暮れになると雲があらわれ
─雨が降る
幾日も続いた
土が崩れ死者はおびただしかった
さそり座が見えない夏　土が崩れる

鳥籠

隣りに住む女は野ら猫たちに餌を置く
集まってくる病気持ちの猫ども
まわりの住人たちは困り果てていた
その隣りの男が耳打ちした
空いている鳥籠があった
侵入してきた猫に鳥籠をかぶせた
薬罐に水をみたした
水は火で熱せられ
その熱湯は鳥籠にそそがれた

―その光景をおもうな―
車で山奥に行き捨ててきた
憐みは無用　不運という枠で仕切る
―一匹減ったね
その隣りの隣りの女が言った
この者たちを外道というなかれ
―仏様言うことなどございません

仏様助けて下さい　その男は今
集中治療室の山で猫の亡霊と戦っています

にせ占い師

あなたのこの夏はとても幸せ運が待っています
どんな？
それはもうこの世にはない程の幸せ
わたしときたら大当りも大当り
不幸のどん底に落ちた
死者は生き返らない
この世にない程の幸せ？
死者は生き返らない

あなたは旅に出掛けるでしょう
どんな旅に？
天国に近い島へか
それとも　その前に
ちょっと離れた畑にきてみれば
南瓜里芋青息吐息草茫茫
このうえない暑い日草刈りに出掛けた
根限り草刈りをして帰りビールを飲んだ
熱中症で旅立つことになった

あなたはこの夏何々賞を受けるでしょう

どんな賞を？
それは言えません
けれど宇宙が出来た「時」からの時を数え
その時とあなたの運の時が重なった時
幸運が手に入るのです
この夏の地球の有様をみれば判ります

船旅も幸せをもたらします
どんな幸せを？
瞑想しなさい　瞑想しなさい
船の舳先に炬火《たいまつ》のあかり
風に炎がたなびいて幸せは船から零れんばかり
山の中でも海の上でも暗夜に火の明りは命あるし
るし

船の舳先の炬火が細っていく
舟のなかにはただ腐乱したものが重なり

瞑想しなさい　瞑想しなさい
まぼろしをみてはいけません

火口まで

湖がもったりと　丸みをおびて見える
幾重にも重なる森の彼方にみえる
こぼれ落ちそうに
あぶない地球

通りすがりに廃屋を見て過ぎる
どくだみの群れは戸口にしのび寄っている
誰も通しゃせんと
幾年か後に薄暗い床下で
朽木と心中することになるだろう
どくだみの最後

火口を見に行く　火口は遠すぎて
山奥の宿に一泊する
宿の押入れの襖は雨漏りの後らしい模様がある
すごく気になる
夜半その模様はむっくと襖を離れ
金縛りの妖怪になるのではないか
ぶわん　ぶわんと叫びながら近づいてくる
わあっと叫ぶ私がいる

火口
地球の地下への入口　あるいは地獄への
煮えたぎる地獄の釜
そう思っていると
向うみずな草たち
その種はどこにでも着地する
火口は緑の擂鉢
穴がぽかん

入相の鐘

入相の鐘の音が聞える
遠い過去を引きずり寄せて
遠い未来を引き寄せて
遠くからかすかに聞える
待つものがなくなったので
入相の鐘の音を日ごと待っている
善悪の入り交った夕暮れ
夜が善悪を浄化してくれそうな気もして
夕暮れになると住いのまわりの道を
走り去るように歩いている老婆を目にする
老婆　老女　あるいは老婦人それとも婆婆

雅語では媼と言った
媼は走るように前のめりに歩いている
死に追いかけられているように
あるいは追いかけてくる死から逃れるように
その顔に生気はなく
　ただただ先を急ぐ足ばかり
さあ別れという時　媼の
眼裏の残像はこれ
大霜にパラパラと散る柿の葉　ふる里の庭の

その媼がいつの間にか地上から消えると
次は化粧中毒のような媼があらわれる
住いのまわりの道を手袋をして歩いている
化粧をとったあの人の素顔はとの陰口
「気にしないわたし姥捨山には行かないわ」
　「わかります　ビールの友」
二、三年が無事に過ぎたが次の年

化粧中毒の美人の媼が消えた
さあ別れという時　媼の
眼裏の残像はこれ
逝ったあまたの男たちの姿

次にあらわれた媼の散歩
それは死の前兆のように見えた
夜も明けやらぬ早朝
住いのまわりの道を歩いている
体の中から突き動かすもの
地球に別れの挨拶がしたい
地球に名残りを地球に名残りを
そのように見える
媼の住いの隣りは空地　すなわち媼の花畑
翁草よ　都忘れよ　母子草よ
さあ別れという時　媼の
眼裏の残像はこれ

花々競い咲く向うに一人残る初老の息子

霜夜

ある夜小さな香炉が漁網の中に入っていた
それからというもの
男は夜の川に出掛け漁網を力いっぱい引く
「なにをさらうのだ」「観音様だよ」
古今東西　海底から川底から
仏像　陶器　財宝の数々
　漁網にすくいあげられた
仏像は守り本尊として寺院に祀られた
背後の廃墟をみよ
冷たい月の光りにさらされて見るも無残
奇跡の守り本尊があれば衆人万来
廃墟がよみがえる

小さな香炉が一つ網に入ったばかりに
男の夢は大伽藍
川底に大伽藍は
　現れては消え現れては消え
歳月は川の水のごとく流れる
川に様子をみにきた妻と娘と息子
おとうさん　今夜は霜が

終着駅

夜のだんらんの続きで
その次の駅に行った
そこから生命線という電車にのった
下車した駅では手相占いをしていた
あなたの生命線はと番組の司会者が言った
みんないっせいに掌をみた

一人だけ「ない」と言った
でもまあ只今みんな生きているので
占いの件は――
幾十年かが過ぎて風のたよりに
生命線がないと言った人が地上から消えた
深刻な表情のなかの一人が言った
生命線はない所にペンで書きたせばいいんだ
って　なんという名案
そう　そんなものなのだ
居合わせた一同は笑った
生命線があろうとなかろうと
最後は「一つ穴のむじな」と言うではないか
浄化　浄化　死は浄化

プラスチックの小匙

はるか昔のこと　孫息子が生まれた
四人の祖父母は大喜び
あちらの祖父母は銀の匙を贈ったと聞いた
一年を過ぎた頃私は孫息子に会いに行った
養護施設で焼かれたクッキーを買って
母親に抱かれて駅に出迎えてくれた孫息子は
線路の先を指差して大泣きしていた
後で気付いた
その先には歓待してくれる祖父母と
きらびやかで賑やかな街があるのだと
なだめすかして部屋に帰り食卓についた
私はクッキーを並べた
孫息子は涙の顔でにっこり笑ってクッキーをつまんだ

かたわらに把手が丸く曲げられた銀の匙
把手には絵が刻まれてあるらしいが
よく見えなかった
長じたその子をも
遂に見ることかなわなかった

暖い春の日だった
娘たちとアイスクリームを店で食べた
小さなピンクのプラスチックの小匙ですくって食
　べた
これは小瓶の佃煮をすくうにうってつけ
―とわたしは思った
捨てられるべき小匙をティッシュに包んで持ち帰
　った
程なく五十本ものピンクの小匙が届いた
いじましい母への贈りもの
ピンクの小匙ピンクの小匙プラスチックの

―わたしが死んだ時
娘たちよ
流す涙があるのならその小匙一杯でいい
長生きした母にはちょうどいい

蛍狩り

　脇谷紘版画「千一夜物語」曲解

遠い沼まで蛍狩りに行く
怖い夜道
馬が急に駆け出したので
ああ落ちる落ちるとわたしは叫んだ
それでわたし達は胸と胸を合わせて乗った
あなたは言うのだった
一生大事にするよ
一生って　これから先の一生って

どれ程あるのかしら？

山は貼絵のように夜空にぺったりと貼り付き
それでもかろうじて山があるとわかる
一本の木がまとう闇
幾億本もの木の闇が集ると幾億もの濃い闇が生まれる
あなたは言うのだった
山持ちなのさ　たくさんの材木がとれる
そのうち家を建ててやるよ
そのうちって？
まだ植えたばかり百年先かな

いくつもの山道を通った
峠も越えたような気がする
時々山から不気味な音が聞える
木と木の枝と枝とがすれ合ってギーとなく

青い嵐がすぐ来るようだ
沼はまだ遠いの？　車で来ればよかったのに——
あなたは言うのだった
この先の道は車で通れない
天国への道は狭いのさ

天使の役（七）

——脇谷紘版画「千一夜物語」曲解

百合が咲いていた
その頃野はまばゆく輝き渡っていた
美しい花と光　天から地から
こぼれる程の僥幸が訪れそうな気がしていた
陽炎さえ燃えていたのだから

百合が散った　その後

のうぜんかずら　さるすべりが咲き
陽の影は濃くなった
トンボが庭に迷い込み
もうすぐ軒先にコオロギが鳴く
豪雨と猛暑に翻弄された
今年の夏が逝く　しかし
こぼれる程の僥幸は訪れなかった　と
娘は嘆いた

娘は裸足で
身の丈程の羽根を背負っている
傾けた胸の下にはロウソクが燃えている
羽根は炎を吸って浮き上がるのかな
うまくいくかな　うまくいくかな
この役廻り

羽根はあがらずロウソクは消えて失敗
わたしに幸せは訪れなかった　と
娘は嘆いた
すだれを揺らして秋風が吹いた
娘は窓を閉ざし夏の死を弔った
ロウソクを灯して

労役（八）

―脇谷紘版画「千一夜物語」曲解

昔　昔　巻きあげるものは人手であった
男は労役刑の囚人のようだ
一本の軸に厚く巻かれた紐のようなもの
足を踏ん張り上体を倒して軸の先を握っている
背後に鞭を振りあげている人物
そのうちにお前の裾を巻き込んでやる

そのうちにお前の鞭の先を巻き込んでやる
胸の中の闘争
この世のやるせなさ

労役の男は願う　ホイホイホイ
この男に病を　ホイホイホイ
この男に大きな落とし穴を
鞭の男は仕方ない表情をして時おり鞭をふる
それ動け　それ動け命あっての限りだ

この世に母がいたら泣いている
冥土に母がいたら泣いている
どちらの男の母も泣いている
土になっても泣いている
なんたる馬鹿者ども

Ⅱ

薬草研究会

旅の宿での朝の散歩はすがすがしい
山への道を歩いていると大勢の人達が追いついて
　きた
「何処へ？」
「これから薬草研究会が始まります。どうぞ来て
　下さい」
私は行きたかった　旅の仲間がいなかったら
わたしはいきたかった　薬草研究会に
どんな草が出てくるだろう
若しや　まむし草ではなかろうな
へびいちご　すずらん　おけら

どくだみ　つるにんじん
六月の野のへびいちごの嘘っぽい赤は魅惑的
そこらにくちなわも潜んでいる気配がする
雨は降り続き
あぁ　たまらない六月の嘘っぽい暗鬱
じいそぶ　ばあそぶ　つるにんじん
覚えたばかりの花の名をとなえて
峠の山道を歩いたのを思い出した
「老人のシミのような斑点があるので　そう呼ぶ
　のです」
じいそぶ　ばあそぶ　峠の花

あなたは死に瀕している
私たちはその死の足音に追われている
いっとき峠に逃れた
峠にはつるにんじんが咲いていた

じいそぶ　ばあそぶ　つるにんじん
じいそぶ　ばあそぶ　つるにんじん
老いて死ね　老いて死ね
呪文をとなえてこの場で花に化けたかった

薬草研究会がはじまります
どんな草が出てくるのだろう
若しや　ゆうれい草ではなかろうな

魔女探し

嵐の過ぎ去ったあとの空の青さ
こんなにも美しい空を今日みることもなく
あの人は死んだ
　などと言ったのは誰だろう

私が言ったと言い触らされて　もう少しで
人を殺してしまう所だったの
なんとも気の毒な　あなた

その噂はたちまち女たちの間にひろまり
誰に聞いたの　あの人　あの人　と
だんだんあの人はさまよい出て行方がわからなく
　なる

そのうち　ひょっこり死んだ人は帰ってくる
もともとあの人は入退院を繰返している人なの
今度は死ぬだろう　今度は死ぬだろう　と
周囲は予測する　しかし帰ってくる
美しい幽霊のような姿で
「死」に裏切られた素人占い師たち

噂の出所探しは暫らく続いたが
誰も「私は言わない」で落着き　しかし
陰では仕掛けたのはあの人と言いあった
あの人は怖い

あの女を煉獄の苦しみにつきおとしてやろう
あの女の驕慢ぶりを叩いてやろう
あの女をカメレオン女と言いふらしてやろう

日夜らんらんと目を光らせ
落し穴の端緒を探し歩いている　性悪女
地域の女たちは
たびたび魔女探しにかり出される

千手観音

なにが好きかといえば　りんごが好き

りんごが好きというのは
それは罪の塊りにひとしいことだよ
どうりで　だんご虫百匹は殺した
なめくじ五十匹は殺した

何が好きかといえば　りんごが好き
砂糖煮のりんごをパン生地に包んで焼いた
アップルパイ
りんごが実ったら　りんごと小麦粉を買って
アップルパイをつくろう
その願望に反して
太陽は笑い　太陽は翳る
今日は洗濯日和　今日は従妹の葬式
今日は朝から雨降り　心は水底に沈み
アップルパイはつくれない
秋の道端のねこじゃらし
さみしくて泣けてしまう

何が好きかといえば　りんごが好き
それは罪におちるという事だよ
聖なる千手観音の手の裏
悪しき千の手を使い
とんぼの尻尾　おたまじゃくしの腸《はらわた》
切ったり引き出したりしたではないか
罪深いおまえ
今まで生きのびてきたのは
どの手によってか
返り討ちもされずに

夏去ってのち

五月畑にバジルを植えた
赤いトマトと緑のバジル

ピザの「マルガリータ」を思いえがいて
伸びておくれバジル
向うに夏が汗を拭きふき
　駆けてくるのが見える
伸びておくれバジル

畑の肥料が効きすぎて
バジルは伸びる伸びる
ピザの焼き方も覚えないうちに
バジルの葉は暗く重なり合っている
茎を太らせ葉を茂らせ
花穂までつけてしまった
その夏
バジルの葉陰でわたしは苦しんでいる
バジルわたしをこんなに苦しめて
「スペインの闘牛士は
勝利の花輪にウイキョウ」

なんと誇らしいウイキョウの花
ならば「勝裏」という言葉はないのかね
「腹痛にウイキョウ」
五月畑にウイキョウの芽が出た
腹の痛みをなおしておくれ
花火のような花も咲かせておくれ

畑の肥料が効きすぎて
ウイキョウは伸びる伸びる
茎は太り葉は茂り
せまい畑を領して藪をつくり
さては隣りの畑にまで覆い被さった
これは困るわ　ウイキョウ
その藪の前でわたしは苦しんだ
勝利の花輪に縁のないわたし
あなたを消す
鍬を振りあげてその根を掘った

次は南瓜をとりに行く

夜明けを待って花を切りに行く
夏の花々をひと抱え
豪快に
東の山波からのぼった太陽が背後から
わたしの形を地上に貼り付けている
わ！
長い長い私の黒い影
朝の灰色のコンクリートの上に
五メートルもの巨人
肩からさげているその入れ物も一メートル
重そうだねその入れ物の中
鎌と鋏と紐だよ

夜明けを待って花を切りに行く

向日葵　桔梗　角とらのお
コンクリートの上のわたしの影
太陽がつくり出す黒い巨人
巨人の中にはすでに暗黒物質が入っている
夜を覆う闇がすでに

夕暮れを待って茄子をとりに行く
背後から夕日が追う
わ！
太陽がつくり出す巨人
肩からさげた入れ物も巨大
重そうだねその中の入れ物
喜怒哀楽　喜怒哀楽
暗黒と絶望と言う
最後の荷物が入っているよ

楽屋

あの人のように真珠を飲めばいいかしら
まむし酒という方法もあるかも知れない
いや　高麗人参かしら
日本酒がいいと聞いたけれど
でもそんなに長生きという程でも

年を取った象の皮膚を連想しますの
昔はニワトコの茂る坂道を滑るように
坂下の川まで遊びに行きましたの
殿方がオッ！　サッソウトなぞと
通りがかりに言いまして

「懐しい地球」とこの頃しみじみおもいます
花をよくよく眺めないうちに花は散るので
次の年を待ちます
花をよく眺められるまで幾年かかることやら

鏡の前で老残を嘆く豊満な女性
その側で美しい娘が楽器を抱えて歌っている
次の出番にそなえて歌っている
ひきがえるとひきがえるの恋の歌

作業場

庭に薪が小さな塚になってころがっている
雨風陽に焼けて灰色になってころがっている
取ってきた獲物のようでもあり
山からの収穫のようでもある

狭い庭は山裾と道の間にあって

万人の目にとまる
多くは車で通るので
束の間薪は幻のように目に焼きつく

通る程に山裾の木が伐られている
雨風陽に焼け灰色になった薪の上に
割られた木が薪になって積みあがっている

山裾と庭の所有者は同じなのだ
庭の横の建物の中は作業場のようでもある
初冬の空
煙突から青い煙がたちのぼっていた
燃えている燃えている雨風陽が燃えている
満ち足りた炎の煙

木は伐られ薪はふえ
遂に庭の片隅に積まれ出した

小さな塚であった薪は山になった
束の間薪は幻のように目に焼きつく

見返り浄土 —小夏日—

夏の間軒先に水鉢を置き浮玉を浮かせて眺めた
夏が過ぎようとしていた
夏の終りの夕立ちが過ぎ去った
水鉢の水が風にゆれている　あら
そこにうつっているのは梅雨の頃の空
寒々とした空の下
たちまち水鉢から雨降りしきり
過去という悲しみのまぼろしが行き交う
手足冷えびえ　冷え症のはじまり
柿若葉のみずみずしさ　偏頭痛のはじまり

風雨になぶられるアカシヤの花房
若しやこの恋は不成就と　神経症のはじまり
水田に取り残されたスズメノテッポウ
撃つぞ　撃つぞと構えながら敗れた敗残兵
わたしの姿そのもの　貧乏性のはじまり

さめざめと眺めやる水鉢にうつる過去
ああ咲いているわ　咲いているわ
白あやめ野ばら卯の花がまずみ山法師
嘘でしょう
死んだ縁者の死顔ばかり

さるとりいばら

鷽《うそ》という鳥はほんとうに嘘のようだわ
桜の蕾をついばみながら

春の空にむかって　ホウ　となく
うすい紅色の胸からはかないものが空に放たれる
輪郭のないその声は空一面にひろがって
つかみ所がない
聞いたような聞かないような
鷽かも知れない　嘘かも知れない

へびいちごについては何度でも書きたい
あのあざやかな紅色について
あまりにもあざやかすぎて変に嘘っぽい
じくじくと果肉をつぶすと白い肉
なにゆえの表皮の紅色だろう
蛇が裂けたその舌でその紅色の実を包み
蛇腹に送り込むのを見たい
へびに聞きたい　嘘

真夏の野道を行けば

道端の林の裾によめごろし
熟して熟して今にも張り裂けんばかり
どうする　どうする　その赤い実
よめごろしと名前がついているので
とても安泰
嘘だと思ったら毒見を毒見を

秋の松林
金色の夕日が斜めに入って
下草を浮きあがらせている
さるとりいばらに引っ掛かった
振り向くと
赤い実が夕日を浴びて輝いている
誰も居ない　赤い服を着た道化師も猿も
夕暮れさるとりいばらがつかんだのは
嘘

三千年

あの人は一週間ぐらいで死ぬらしいから
お通夜にはわたしが車で連れて行ってあげます
お隣が言ってくれたの
足腰痛い私はありがとうと言ったけれど
一週間たってもあの人は死ななかった
「足腰痛い私」が通りかかった私に聞かせている
その冒瀆的な親切に声をあげて笑ってしまったけ
　れど
笑った「私たち」はもっと冒瀆的だろうか
生きているのにお通夜なんて　でも
お隣も親切で言ってくれたので
秤にかけたら釣り合うかもしれない
架空のお通夜のために
萌えはじめた庭の芝生に座り込んで話しはじめた

「私たち」
芝生にはいぬなずながびっしり生えて花を咲かせている
さながらいぬなずなの絨毯のありさま
すこし寒い春の風が吹いていぬなずなは震えている
空から吹く風は非情で
いぬなずなはかくれようもない

白い花の咲く雨の季節　三ヶ月が過ぎた
雨降る　雨降る　雨降らない　雨降らない
地上は右往左往
狂う天空の都合
「足腰痛い私」に行き会ったので
私は聞いた　あの人生きていますか
生きてます　あんなこと言われたので
あと三ヶ月あと三年　いや三十年三百年三千年

意地でも
生きます

輪廻一〇〇〇年後

僕のお家が出来たんだね
むかしこの土地は暗い暗い山だった
山に住んでいたキツネもタヌキもご覧あれ
これが今度出来たお家
男の子が二人いるらしい
小さな自転車が早々と軒下においてある
お家が出来たのだ
あめつちもご覧あれ
これが今度出来たお家
高い屋根の平屋建　黒い建材で外壁を囲って

山は切り開かれ畑になった
春　幾千本もの葱の苗は夜露を吸って
朝には太陽に向けて露玉を輝かせた
生き継いで果しなく生きたかった葱
それが突然たち切られて葱は姿を消した
更にその一年後畑は妙に賑やかだった
ハルジオン　センダングサ　オオブタクサ
アレチノギク　ハキダメグサ　イノコズチ
何処から来たのだろう
太陽と風と雨に目覚めた草たちは
その年茂りに茂ったたが
秋の終り機械でこなごなに砕かれ姿を消した
地中に埋め込まれた草の実

僕のお家に明りがともり
春夏秋冬がはじまる
あめつちもご覧あれ

われら電気の申し子
雪の降る夜は窓の明りがあたたかい
幸せいっぱいのお家

家朽ちて後　輪廻一〇〇〇年
ハルジオンは

鳥、去れば

コジュケイが朝早くから鳴いている
「チョットコイ」と呼ぶのだ
杉の木が五、六本忘れ去られたように生えている
　窪地にいるらしい
チョットコイには笑ってしまうが　失礼な
コジュケイはきっと真剣なのだ
重い地球は軽々と廻り続け

地上のこの世の歳月は折り畳まれていく
杉の木は切られ窪地のまわりに家が建って
チョットコイと呼ばれていた近隣の人達は
次々とこの世から消えた
チョットコイと呼んだコジュケイの声も聞かない
鳥、去れば　空はさみしい
　鳥、去れば

りんご畑にりんごの花が咲くと
りんご畑に一頭の乳牛がお出ましになる
乳牛の長い尻尾の先の毛をねらって
巣づくり中のカラスが材料集めにやってくる
そこにウグイスが仲間入り
りんごの木の枝でうたう
春たけなわ　春たけなわ
　春の祝祭
重い地球は軽々と廻り続け

地上のこの世の歳月は折り畳まれていく
りんご畑の持主は老いた
りんごの木は切られた
一頭の乳牛の姿も消えた
なにやら春はからまわりしている
ウグイスの鳴き声が聞えない
鳥、去れば　空はさみしい
　鳥、去れば

エッセイ

手紙の中に浮かぶチューリッヒ湖

私の育った集落は陣屋跡はあっても、風の吹き抜ける寒村だった。その当時三百戸程の集落ではじめて自動車なるものを買ってきたのは弟だった。買いに行って帰りには運転してきた。店の人に教わって、そのまま帰ってきたのだと言う。中古の三輪車はものに乗りあげると、ゆっくり倒れたが怪我はなし、のどかだった。三輪車の次は新品の小型車、人の集まる場所に乗り着ける時は幾分恰好をつけて止める。なにしろ彼は二十歳だった。

あらゆる機械が普及したが、私同様、機械にうとい者も居る。弟は故障した機械の調節に応援を頼まれては飛び廻っていた。

もう一人の弟と私は十八年の年齢差がある。大学は電気工学科に進んだ。卒業前年は、教授と二人で計算機の試作に取り組んだ。出来上がった計算機は大学の玄関に置かれた。その当時は「ほほー」というものであったに違いない。

卒業して電機産業の会社に入った。三年ばかり経った頃だったか、外国向け計算機をつくった。それをひっさげてドイツに行き、たくさん売れたと思う。勿論会社のためになったのだ。良かったねえ。

（前略）今まで何かと忙しく過ごしてきましたが、大体仕事の方は予定通り進み安心しました。三月一日、二日と一泊二日でパリに行ってきました。パリはドイツとはまた違ったとてもすばらしい町です。マロニエの並木がとても見事です。木々の芽もふくらみ、もうすぐ春という感じがします。（中略）二日目は同行した連中とは別れて一人エッフェル塔に登ったりして時間を過ごし、又自分一人がドイツに戻り、会社のヨーロッパ・オフィスの近くのホテルに居ます。又二泊三日でスイスのチューリッヒに行ってきました。チューリッヒもすばらしい処です。遠くには山並みがみえ、近くにはチューリッヒ湖があり、ドイツやパリに比べて、とても変化に富んだ所です。公園にはもう色々の花がさいていました。中でもクロッカスの白と紫の花がとても印象的でした。湖水には色々の水鳥が遊びとてものどかな感じです（後略）

一九七五・三・一〇

現在、パソコン教室と「携帯電話での販売促進システム」を考案し、会社を設立した。

「携帯電話は〝歩くコンピューターになる〟と断言」彼を紹介した経済新聞に載っていた。でも財布を握って立っている私がいる。

二〇〇七（平成十九）年四月二十五日

追憶のヒマラヤ杉・想像のポコヨ鳥

聖週間は素敵な日が続いた
母親は糖蜜とコッペパン、松菓子を用意した
夏の宵にはポコヨ鳥が歌い
昼はトウキビ酒が醱酵した

オリビア・シルバ

この詩は手製封筒の内側で見付けた。ああ、幸せな詩。私はただただ魅了されてしまった。

器用な母親は子供達を喜ばせようと菓子をつくる。まあ、なんですって、ポコヨ鳥とは！　ポコヨ鳥は宵に歌うのだ、昼間は程よい気温にトウキビ酒がかもされていく。この短い詩から湧き出るような幸せな気分、私の現実には決して味わうことの出来ない幸せな気分、有難

う、と言いたい程だ。

　私の住む土地では、夜に鳴く鳥はホトトギスだったが林や森はどんどん住宅地になって、この頃はほとんどホトトギスの鳴き声は聞かれなくなった。四十年位前は昼夜の別なく、ホトトギスは飛び交っていた。夜空を鳴き渡るホトトギスの声を聞きながら手紙などを書いているのもたのしいものであった。もうホトトギスは山奥に行かないと声は聞けない。ヨタカも少し離れた谷川のあたりから時々不気味な声で鳴いていたが、こちらも聞こえなくなった。さみしい夜。

　さみしい夜、今度は切られたヒマラヤ杉の番。小さな遊園地にヒマラヤ杉が長い枝をゆらしていた頃、近くの畑には胡桃の木が数本あり、竹林とまではいかない竹藪があった。冬の夕方ムクドリの大群が集ってくる。胡桃の木には鈴なり、電線にはたわむ程、その鳥たちがいっせいに竹藪に消えると夜が落ちてくる。夜中ムクドリは突然騒ぐ時がある。あれはきっと寝言の波紋だ。

　初夏、胡桃の木と一本のヒマラヤ杉にカッコウが来て鳴く、白髪太夫やマツケムシをついばみに来るのだ。胡桃の木には時々イカルも来て、人の言葉まがいの歌をうたっていた。キキコキーと聞こえるというが、私にはトトリコキーと聞こえた。

　カッコウとヒマラヤ杉との蜜月は長く続かなかった。年々マツケムシはふえて、ヒマラヤ杉ばかりか、近くの生垣などまで這いはじめた。しまいには子供の肩にまで落ちてきた。ある日、小学校四年生位の女の子が、幾人かの男の子を引き連れて遊園地に来た。手にはノコギリ、虫の大軍に痺れを切らしたジャンヌ・ダルクといった所だ。女の子はギコギコとヒマラヤ杉の幹を切り始めた、が幹は太くて子供の力ではノコギリの歯は喰い込まない。諦めてジャンヌ・ダルクの一団は引き揚げていった。

　その情景があってから間もなく消毒隊がやってきた。誰か市役所か、保健所に状態を知らせたのだと思う。さあ、消毒が始まるや、落ちるわ、落ちるわ、地獄をみているよう。地面はたちまち虫で脚の踏み場もない、消毒隊も、それを見ていた人達もただあきれるばかり。切るよりほかはなかった。暫らくしてヒマラヤ杉は電動ノコギリで切られた。時を同じくして畑の胡桃の木も切られ、竹藪も整理されて、イカルもムクドリも来なくなった。

悠々と一本で広い地面を占有し、自在に枝を伸ばし、太陽と月と星、雨と風と対話していたらしいヒマラヤ杉は、龍の顔に似たマツケムシの群れに襲われて、結局虫の宿主として切られてしまった。

淋しき曠野、といったおもむきの遊園地に次の年の春がきた。近くの住人がヒマラヤ杉のあとに苗木を植えていた。「なんの木?」と聞くと「ドイツトウヒ」だという、「この木には虫がつかない」のだそうな。植えた住人は間もなく引っ越していってしまったが、ドイツトウヒは広い地面を占有し、ツンツンと伸び枝を茂らせ、太陽と雨と風、星と対話をしているらしい。葉は鋼鉄のように硬い。夜中であったり、夜明けであったり、大きな星を茂みに抱いていたり、天辺に載せていたりする。木と星の無言劇を度々眺める。

こうして、ホトトギスもヨタカも、ちょっと夜をたのしませてくれた鳥たちは私の周辺から消えてしまった。

そこへポコヨ鳥が現れた。ポコヨ鳥の詩を書いた、オリビア・シルバって……

アトリエ夢人館から出ている画集（企画・編集小柳玲子）の第二巻『ニカラグア　ナイーフ』に載っているのだと、封筒の主から知らせてきた。多分解説かエッセイに紹介されているらしい。〝全て、ニカラグアの労働者（絵も詩も）の作品〟だと言う。

母親は糖蜜とコッペパン、松菓子を用意した　夏の宵には、ポコヨ鳥が歌い　昼はトウキビ酒が醗酵した。

幸せ。ある種の恩寵のようにこの情景が私を酔わせる。

二〇一一（平成二十三）年六月十一日

じゃがいもコロッケ、どうぞ

冬のある日、買物に誘ってくれた娘に、「お彼岸が過ぎたら堆肥や肥料を買いに連れていってくれない」と頼んでおいた。

——すると彼岸前の暖い日「お彼岸は忙しいので、今日時間があいたので今から行きます」と電話がきた。途方もなく広い店に連れてゆかれ、堆肥を買い、ついでに衣類なども眺め、食品も買い出口に向うと、早々とじゃがいもの種芋が積まれてある。早いと思ったが二キロ買った。

庭先の牡丹の花が三十個も咲いている。よく咲いたね、と撫ぜながら四月二十七日頃、じゃがいもを植えに行った。私の畑というのは市民農園、まわりをみると、すでに植え付けをすましてある。まあ、みんな早いこと！

雨風にもめげず、じゃがいもは茎を伸ばし、葉を茂らせた。もう少したてば収穫という頃、テントウムシダマシが葉裏に卵を産みつけ、幼虫がたちまち葉をすかしてしまった。お陰で今年の収穫量はいつもの年より少なかった。

五月下旬になると、去年の芋が芽を出しながら残っている。どうにかしなければと焦る、毎年必ず焦る。いっきょに減らすにはコロッケづくりが一番、幾年かこの季節の私の行事になっている。

まず材料の点検から始める。挽肉、小麦粉、パン粉、卵、人参、玉葱、油、揃っているのを確かめると、明日つくる、と決意する。配る先の家族がみんな在宅か、と気をもむ、娘の所、近所。午後二時身支度を整えてとりかかる。

夕方には大きな、どっしりと重いじゃがいもコロッケが三十個前後出来あがる。娘たちに持ちに来るよう電話をする。今夜の「おかず」主菜一品にありつけるので、万障繰り合わせて来る。近所にはその家族の人数に応じて配る。「あ、お父さんが喜ぶ」お父さんたちは私のコロッケを待っていてくれるのだった。まだじゃがいもは残っている。十日ばかり経ってもう一回つくると芋は終る。すでに六月この日長でないとつくる気がおきない。この萎びたじゃがいもに急かされないとつくる気がしない。じゃがいもの強迫の末のコロッケ、ほらほら間もなく夏至が近づいて、また日脚が短かくなるよ、と自分を急かす。「私、コロッケ屋を開いてもよかったかも」と安易に考えたが、なんの、なんの。三十個をつくるのに大決心が必要なのだ、この大決心は毎日は続かない。

二〇一二（平成二十四）年六月二十三日

日暮れどき

ここ一、二年読まないである選集、全集を片っ端から読まなければと焦りはじめた。そのいきさつを書こうと思いつき、アラゴン選集、全三巻にまず目がいった。

ルイ・アラゴンという詩人を知ったのは、十代の後半、大戦が終って二、三年経った頃だったろうか。藁半紙のような粗悪な紙に刷られた雑誌はすぐバラバラになってしまう。矢内原伊作氏の「抵抗詩人アラゴン」は、多分雑誌「近代文学」に載っていたように思う、表紙のないその小論だけが茶色になって残っている。

矢内原氏の小論に紹介されているアラゴンの詩はフランス語らしいので読めない、小論の終りに原詩の大意が編集部訳で載っている。

春のかおりを砂は知らない——五月はここ北仏の砂丘に死んで行く。

美しい宵、ふと世界は壊れ——暗礁を遭難者たちは燃えあがらせた——私は海の上にかがやくのをみた——エルザの眼　エルザの眼　エルザの眼が。

小麦の波に溺れる矢車草——静脈の色をした水兵の襟——我らの苦痛を見る者はまた我らの憎悪を見る——我らの船はことごとく沈んだ——ツーロン港にはマスト一つ揺れず——

繰り返し読んで覚えてしまった、その他のことは全部忘れた。

時経て三十幾年か後、出版広告にアラゴン選集、全三巻が載っていた。訳者は大島博光、服部伸六、嶋岡晨、三氏。

選集の「ダンケルクの夜」の最終連はこうである。

ここ北仏の砂丘に「五月」は死に　ただよう春のかおりを　砂は知らない

選集の「エルザの眼」はこうである、その最終連〝とある夕べ世界は暗礁にのりあげて砕けた　難破者たちは暗礁に火を放ち燃えあがらせた　だがおれはみた　海の上にかがやく　エルザの眼　エルザの眼　エルザの眼を〟。

なにはともあれ「エルザの眼」も「ダンケルクの夜」も読めた。私は大いに満足し、そのほか全三巻は後廻しにした。暇をみて、きちんと読もう、と。

再び三十幾年かが過ぎた、読むべき時がきた。そうではないか、急げ、急げ。だがそうはいかない。『ガラガラヘビの味』岩波少年少女文庫の広告をみてしまった。我慢出来ない、ついで『八月の暑さのなかで』も買ってしまう。

あるグルメ通の男が、ぼくにやたらとガラガラヘビの肉をすすめた。「まあそんなにいやな顔をしなさんな！　ちょっとトライしてごらんなさいよ。いつも食べているチキンとすごく似てるってわかるから」と。彼のいうとおりだった。だから今、ぼくはチキンが食べられない。だって味がガラガラヘビにそっくりおなじなんだもの！

オグデン・ナッシュ

（『アメリカ子ども詩集』アーサー・ビナード・木坂涼編訳）

さあ『八月の暑さのなかで』のホラー小説も読んだら、九月はアラゴン選集だ。六十年も前に書かれた矢内原氏の小論を真面目に読んだ。「ダンケルクの夜」が書かれた背景はこうだ。「一九四〇年五月、イギリス、フランス、ベルギーの連合軍は、ドイツのためにベルギーの海岸に追いつめられ、街は焼かれ、多くの者が戦死し、多くの者が捕虜として拉し去られ、残りの多くは辛うじてダンケルクから英国に逃れた。フランスは降伏し、ヒットラーの軍隊はフランスを占領した」

こんな重い背景を読み飛ばして――ツーロン港にはマスト一つ揺れず――と読むと、はるか遠い国の港に思いを馳せ夢みていた私。

私の国、私の国には沼がある。私はそこで物を読むのだ、日ぐれどき、アラゴン。

二〇一三（平成二十五）年一月五日

もう一つの世界

雨や雪の日、大風の吹いている日は、部屋にこもって貯めてある切抜きを貼る。一番たのしい作業、好きな世界が定着する。

何十年も前のことだが、新聞に昭和天皇が新聞の切抜きをなさっている写真が載っていた。まだ若かった私はその切抜きを天皇はいつ御覧になるおつもりで、と思い「時の悲哀」というようなものを感じた。今まさに「時の悲哀」のなかに入った私、自分を憐みはするものの、止められない。浮世の辛さは遠のき浮世のたのしさだけに囲まれる。

最初の切抜きは画用紙に貼っていた。新聞からであれ、雑誌からであれ、心にふっと張り付いてくる言葉や風景、笑ってしまえるものなど。

「立山より後立山連峰を望む」この写真が最初である。次はユトリロ「雪景色」の絵の写真、「ノートルダムのせむし男」の映画の場面。美女を描くことにたけた栗林正幸と、よどみなく読める文章で書かれた野呂信次郎との名作物語。「ボヴァリー夫人」や「復活」の一場面が貼ってある。

それから時は過ぎて、切抜きは「工業展」の最終日に出掛けて、どっさり貰ってきた広告冊子五冊に貼ってある。去年の春頃の切抜きは新聞広告にあった。

「猫とねずみのオペレッタ」寺門孝之のそれは面白い絵、朱色の宇宙の空と海、金色の太陽は目鼻をつけて黒い大口をあけ、多分うたっている。金の舟の縁には猫、舳先にねずみが片足をかけている。何を感じる、何を感じる、この朱色の宇宙、異次元の世界はゆったり。切り取っておこうね、という訳で、次は三輪車のようなものに千手観音の手のごとき把手を幾つも付けたような乗物にのっている息子にサンダル履きの母親が言う「樹理亜ゴハンだぞー」三歳位の樹理亜が答える「ウイッース」サンダルと架空の乗物、次世紀に行くんだな。郷愁と未来が私のなかで絡み合う、作者名を見逃してある。

二〇一三（平成二十五）年七月二十日

荒野に還る

一年が過ぎた。国道脇の畑は去年の秋の枯草が土を覆ったまま、鉄骨というのだろうかそれを覆っていたビニールシートという青いものは雨風にちぎれて、もう少しで何もかもなくなる寸前だ。その下にこれも青い塗料でぬられた大きな機械がどっしりと居座っている。その横には赤錆色の細長い機械がどっしりと居座っている。国道をはさんで反対側には住居と物置小屋がいくつもつらなって、それぞれの小屋には小型トラックだのトラクターだの、さては乗用車まで鎮座している。入口の小屋にはビニール袋に詰め込まれた、燃えるごみらしいものが、ビニール袋の劣化によってピラピラと風に踊っている。

豊平さんが亡くなって、一年後の光景である。

豊平さんは小学校の同級生で、ほんのわずかの期間であったと思うけれど、私の後の席にいた。温厚、冷静、学校の成績も良かったが美少年には程遠かったなあー。でも後に暖かい大きな人がいるような感覚で私はうれしかった。

五十年も続いているらしい同級会に四十年も経ってから参加した私は二度ばかり豊平さんを見た。カラオケで「早春賦」を上手にうたったのを、いかにも豊平さん、と聞いていた。

最後は病院の廊下で行き会った。「どうしたの?」と聞くと「膝が痛んで」ということだった。

それから二年後豊平さんは癌で亡くなったと聞いた。そのうえ、肝心の長男も病気で入院していて父親の葬式にも来られず、あろうことか次男も病気らしいというのだった。

だから家は空っぽなのだ。この辺の農地はみんな豊平さんちの土地なのだそうだ。春になっても枯草に覆われている所は豊平さんの土地なのだ。妻が早死している。長男に結婚の機会がなかった。男三人はコンビニの弁当を買って、早朝から畑仕事をしていたのだと言う。

大きな農業機械があちこちに居座っている。それはもう戦が終った後の戦車にみえる。私は月に幾回かバスの中からその光景をみる。荒野に錆びついていく戦車を連想しながら。

二〇一四（平成二十六）年一月二十五日

物見遊山

成田山詣

二〇一四年、一月九日の午前四時二十分、凍ったガラス窓から外をみると、雪が積っている。ああ、なんでこんな日に、と気分はグニャグニャ、だからといって止めるわけにはいかない。団体行動って、だからいやなの。

五時五十分、暗い表通りに出た。すでに幾台もの車の轍の跡がある。今日という日がもう動いている、と思うと、少し元気がでた。

年金受給者協会の「恒例成田山初詣」の日帰りバス旅行である。私ははじめて参加する。この雪景色は千葉県まで、ずっと続くような錯覚におちいっていたが、県境のトンネルを抜けると雪はなかった。誰かが「トンネルを抜けると、そこに雪はなかった」と言った。誰もがうなずいて、笑ってしまった。

東京都内に入ると、ガイドさんが「ケンショオインのお墓がちょっと見えます」と言われても、バスはすっと先に行ってしまう。

新勝寺に着いて本堂に入っても不動尊の姿など見えない。見られないのね、などと見廻しているうちに、みんなさっと散ってしまう。

帰りは予定になかった、とげぬき地蔵の高岩寺に二十分寄ってくれたので、地蔵の体を素手で撫ぜてきた。百円で「お身拭いタオル」が売られているのだが、なんだか素手の方が効きめがあるような気がした。幾年か前に来た時にはタオルは売られていなかった。商売商売。東京は巻きあげるような冷たい風が吹いていた。東京を出るとカラオケ三昧のバス旅行にかわってしまう。自分の住む町の明りが見えてきてもマイクを握ってはなさない。

踊るサテュロス

そもそも年金受給者協会に入ったのは、二〇〇五年の愛知万博に行きたいためだった。

新聞に「踊るサテュロス」の写真と記事が載っていた。「イタリア館のブロンズ像『踊るサテュロス』は紀元前四世紀に作られたとされる。九十八年シチリヤ島沖の海底から引き揚げられた。国外に持ち出されるのは今回が『最初で最後』という。」見たい、と切に思った。

どうすれば行けるのか見当もつかない、そこでスイミングの仲間に聞いてみた。年金の会で万博に行くことになっている、というのである。早速入会を申し込んだ。

会場への道中をたのしみながら、人、人、人の会場に着いた。仲間に「イタリヤ館に行ってくれない」と頼んだ。

〝水深四八〇メートルの海底から漁船の網にかかって引き揚げられた〟サテュロスが左足を跳ねた姿でそこにあった。やっと会えた。でも去らなければならない、さよならサテュロス、振り返り振り返り展示場を離れた。踊るサテュロスには妙にひかれる。写真集を買い、忘れた頃には思い出して眺めている。

鵜戸さん参り

九州、宮崎県の鵜戸神宮は民謡にこう歌われている。

〝鵜戸さん参りは春三月よ　参るその日がご縁日〟なんとのどかで純朴な歌であろう。行きたいと切に思った。夢みていたその機会がきた。愛知万博の仲間と九州旅行ができた。時は三月、太平洋を眼下に陽はうららか、この喜び、私の幸せ度はとても単純なのだ。

鵜戸神宮は大きな奇岩の下に建てられている。ただそれだけなのだが、神仏の住う場所は畢竟祈りとなぜか物見遊山がかねられている。

その海岸べりをさかのぼると、青島神社がある。思いがけずクワズイモの大きな葉が茂っていた。田中一村描くクワズイモは印象深く脳裏に焼きついている。その葉に触れたのがうれしかった。

米塚

次の年は阿蘇地方をまわった。目当ては、パンフレットの写真でみた緑の「米塚」。あんなのが、平地にぽかんとあるのは、このうえないおかしみ、もっとも阿蘇火山の孫火山といってしまえば、なんのことはない。でもわくわくしてしまう。ガイドさんもバスの旅人も、誰一人として米塚なるものの話がない。私は小雨の窓外をずっと気にして眺めていた。バスの通り道からは見えないのかな、と思った頃、向いの丘のような距離に米塚にそっくりな黒い山がある、黒い米塚。

帰ってきた私に娘が聞いた。〝米塚はみてきたの?〟それが緑の米塚ではなかったの、まっくろだったの。娘は笑いころげた。山焼きの後だったのだ。

二〇一四(平成二十六)年七月十二日

岩山の名前

『薔薇の名前』という翻訳本があった。題名がいかにも「何だろう」と思わせて、読んでみたい気持ちをさそった。話題にもなっていたので、どうでも読んでみたかった。だが宗教をからめた内容の本で、読んではみたものの、理解できなかった。「薔薇の名前ねえ、よく付けたものだわ」

――という訳で名前は時に神秘的でさえもある。想像をかきたてられる。

二〇〇四年頃か、NHK大河ドラマの幕開けの映像は毛越寺の浄土庭園であった。浄土庭園、いかにも浄土庭園だ。この風景を現実に見たいと思いはじめた。その思いは割合早くかなえられた。娘夫婦は松島とその近くの温泉旅行を計画していた。「お願いだから、もう一泊」

と平泉行きを追加した。

その日は中尊寺、金色堂などを廻って、午後も遅く一ノ関駅に戻った。駅前の店で毛越寺へ行く道をたずねた。歩いても二十分位で行けると言う。田舎道で誰一人行き合わない、とても長く歩いたような気がする。はたしてこの道でいいのかと不安になりはじめた頃、牧場のような広々とした草はらが横に広がっている。若しかして、この広さは、と直感した。柵も道標もない草はらに踏み入った。

おそるおそる歩いて行くと、これぞ浄土庭園の一部ではないかと思われてきた。池があり水が流れていた。ああ着いたという感慨だった。草はらを更に進むと、これぞ毛越寺だった。

鎮まった池には少し傾いた石。なんだろうこの死後の静寂のような光景は——。死後は一切鎮まって清らかでありたい、浄土という名は、死の成就という概念があるならば、その象徴ではないかとも思われた。浄土庭園は、造った人の名前もあるので、浄土を願ってつけた名前であるが。

——もう一つ気になっているのは、吾妻小富士の向い側にある「一切経山」と名付けられている山である。名付けた人は誰であろうか、その人に聞きたい。何故に一切経山なのか、その山の下に広がる平地は浄土平と名付けられている。こちらもその人に聞きたい。

宗教がらみの地名はとても気になる。

二〇一五（平成二十七）年一月十七日

金銀翡翠にあらず

二十年も前のこと、首尾よく住いの近くに畑を借りることができた。定番のじゃがいも、葱、もろこし、茄子、胡瓜はもとより、トマト、ささぎも植えたり蒔いたりした。そのうえで、なにか変ったものをつくってみたかった。

最初におもちゃ南瓜の種を蒔いた。借りた畑の隅に、畑の持主の廃材が積み重ねてあった。そのうちに片付けるからと言っていたがその廃材を片づける前に、おもちゃ南瓜の茎は幾筋にも分れて、梅雨の水も借り忽ち廃材の山を覆ってしまった。

秋になった。

形のいい緑色と黄色、上下に分れた縞の瓜、大小あばたの南瓜、様々の意匠こらして生ること生ること。籠に盛り、柱に吊し、道行く人にはほしいだけ持っていってと告げた。その豊穣さに今度は脅迫され出した。どうしたものだろう、この南瓜を――。荷車に積み、ちりん、ちりんと鐘を振り、売りあるけたら幸せだろうとさえ思った。この過剰さのもたらす鬱積にこりて、次の年からは一本にした。

二十年後、初冬のスーパーで一個七十円のおもちゃ南瓜をあれこれ物色して買ってくる。自然に心がゆるむ、冬の間、タンスの上などにおもちゃ南瓜様は鎮座している、神様のように。

次はじゅず玉の木。木とは言うものの、草である。思い出のじゅず玉。小学校の帰り道同級生が首飾りになる木が畑にあるから連れていってやるよと言った。首飾りというものは、金色まばゆい輝くばかりの宝石であると思っている私は大喜びで畑に行った。ほら、これ、と言われてみると、それは灰色の草の実だった。らくたんが心を領した。

今思えば、宝石はおもに土から掘り出されたものではないか。じゅず玉だって草を借りて土から出たものではないか、草からできた宝石に違いない。

畑に幾本かの畝をつくり、灰色の宝石のできるのを待った。緑の葉や茎が風にそよいでいる夏を過ぎ、待っていた実がつきはじめた。

秋がきた。

秋の陽を浴び、少し肌寒い風に吹かれながら刈り取った。地に並べその前に座り込んで一粒、一粒もぎ取った。

草の石の中には雑草の種と同様、種が詰まっていた。じゅず玉をつなぎ合わせるなら、この種を取り出さなければ糸が通らない。年が明けて、雪の降る日、家人と二人で作業にとりかかった。円盤ヤスリで実の底を揩《こす》り、穴を大きくあけ、種をとり出す。宝飾店に留金を買いに走る。釣り糸で石をつなげ十本ばかり首飾りをつくった。豪奢ではないか。

しかし残りのじゅず玉の実は無用の長物となり、何かに使えるあてがない。これまた形を変えた豊穣さに悩まされ続けた。

二〇一五（平成二十七）年三月十四日

今生最後のOB会　やりまーす

二〇一五年三月、「今生最後のOB会　やりまーす」と案内が届いた。このOB会とは「広場文藝同人會」四十幾年か前に新聞広告で募集し参加した人達の会である。

今生最後という言葉に少なからず心が揺れた、すぐ死にまーす、という裏があるような気がするではないか。近況報告がてら、詩でも小説でも、なんでもいいので原稿十枚位送ってくれると、半年先冊子にまとめるとあった。

九月その冊子が届いた。なんと百八十八ページの厚い本には旅行記あり、原稿二百枚の小説ありと盛りだくさんの一冊だった。

その中で私がもっとも夢中で読んだのは、「ひとり旅」

だった。ひとり旅の冒頭は――

「私のヨーロッパひとり旅は六月三日出国と計画ができた。それは定年退職後のひとつの夢であった。妻と二人旅になる予定であったが、妻は病気で床に臥していた。」から始まる。ビートルズの足跡めぐりと、ライプツィヒのバッハ音楽祭に行くのが主な目的、ともある。

「ヨーロッパを旅するなら、ドイツを最後にせよと、誰かが言った。美しい街並みと自然に溢れているからだと。ヨーロッパの数カ国を旅するなら、イギリスから出発せよと誰かが言った。英語圏に慣れてから、『外国』を楽しむのが至便だと。」（「ひとり旅」前川政明）

こうして数カ国を旅した記録が百七十幾枚かの縮小された写真とともに読み手にも旅をさせてくれた。その博学と行動力には圧倒されるばかりだ。

十月三日、列車で来る者は塩尻駅構内にある喫茶店で落ち合い山のホテルにむかった。

集った人は十一人。食事をしながら近況報告をしあった。その後は身の上話におちてゆき、これはこれで「今生最後」の重み程に身に応えた。大方は「家族」にまつわる哀しみを抱えていた。

何々賞作家を夢みていた人達は誰一人何々賞作家にはなれなかったが、まとめます、と声がかかると忽ち一冊の本をつくり上げてしまう。そのことが凄かった。本も主宰者の手作りである。幾冊つくったかと聞くと二十五冊だと言う。この世界にたった二十五冊の本って、もう稀覯本ではありません。

塩尻の「今生最後」の集りから帰った直後新聞の歌壇でこの歌を読んだ。

「来てくれてうれしかったよ」無口なる兄言いしかな
塩尻の駅　　　　　　いわき市　伊藤雅水
今年の年賀状に、塩尻駅を通過した人達にこの句を借用して送った。

二〇一六（平成二十八）年三月二十六日

毬《まり》と雪洞《ぼんぼり》

好きなものは丸い形のもの、丸い月をみていると地球の「お友達」と思ってしまう、とても心強い存在。

小学校の三年生頃のこと、ほかのことは脳裡にない程、毬が欲しかった。休み時間になると誰か毬をもってきて廊下で毬つきを始める。羨ましそうに眺めている、そのうちに持主に寄っていって「かして」と頼んで、ちょっとつく、その床から飛び跳ねてきて掌に収まる手応えがたのしくて仕方ない。毬が欲しい。

その年の暮れがきた、父母が買出しに行く。くれぐれも毬を忘れないよう買ってきて、と頼む、父母は夕方には帰ってくる、刻々と陽が落ちて行く、その陽の落ちて行く刻々は毬が自分のものになる、たのしい速度なのだと思う。

今考えてみると、級友が持ってきた毬はテニスボールのような少し固い球だったように思う。ところが、父母の買ってきた毬は丸いゴム毬で全面赤・青・黄の色あざやかな花柄で手にあまる大きさだった。――が毬だ、一夜私は満足だった。お勝手の床で大きな毬をついて遊んだ。

寒い朝がきた、まず一番に「まり」と意識する、お勝手にころがっている筈の毬をみにいった、そこでみたものは、無残にも壊れた哀れな形だった。貧しい父母は見かけだけの安い粗悪品を買ったのだと今思う。

時は経って、十幾年か前のこと、雛の節句の広告が入る頃になると、その広告を眺めながら雪洞が欲しかった。寒い二月の夜、桜の花の絵など描かれた雪洞に灯をともすと、外は凍土の世界だが、きっと春の宵の世界にかわる、若草が萌え――、二、三年はこの幻想のために雛の雪洞が欲しかったが、その思いもすぎた。

つきたかったのは子供の頃の、はずむボール、眺めたかったのは若かったころの雛の雪洞。

二〇一七（平成二十九）年四月八日

にんじん

去年の六月下旬、人参を蒔いた。

長年畑をつくっている人の話では冬囲用の人参はこの頃蒔いてちょうどいいと聞いたからだった。

その去年、六月下旬に蒔いた人参の畝は七月はじめの大雨で流されてきた土に覆われてしまった。それでもそのうちに芽を出すかと待ったが十日経ち十五日経ってもついに生えてはこなかった。諦めきれずに七月下旬に同じ所を掘り返して蒔いた。うれしや、秋の終り人参は肥って大量に収穫出来た。

その経験から今年は七月はじめの大雨を予想して少し遅く蒔いた。今年の気候はいつもと違ってこの地方は空梅雨だった。大雨を予想していたのに雨は降らなかった。その間九州地方は連日大雨が降り続き、大災害に襲われた。

一週間たっても雨は降らない。人参は蒔いてから十日程で芽を出すと種の袋に書いてあった。十日目畑に様子をみに行くと、蒔いた筈の畝間に人参の芽は出ていない。畑の土は灰のように乾いている。念のため畝を掘ってみたがなにもない。「雨降って」と空と雲にお願いしたが降らない。その間も九州地方の被害はテレビでみる限り今までみたこともない光景。なんと空の不公平なことか。

畑仲間と柿の木の下で喋った。見上げると実がわずかしかついていない。「柿の実、少ないね」「ほんとだ、今年は諦めるだな」と相手。もう諦めるのか、毎年この柿を貰うのがうれしかったのに――。ついでに人参も諦めるのか――と思った。でも人参諦めきれないわたし、雨降って、と空に繰返しお願いした。

二週間も雨らしい雨の降らなかった大地に雷とともに雨が降り出した。今度は日照不足が気になり出す程、雨は降ったり止んだりして、土は水をたっぷり吸った。

すでに七月は終りかけていた。去年のことを思い出し、諦めかけていた人参をもう一度蒔きに行った。八日目畑に行くと人参はこぞって芽吹いていた。ああ人参坊や！初冬の収穫を夢みて大満足。

こういう次第の人参、来る年来る年天気に振り廻される私の人参物語。終わりに「にんじん」のルピック夫人で締めくくる。

――ルピック夫人――神経質ぶるんじゃないよ。心ん中じゃ、ゆっくり楽しんでいるくせに。

二〇一七（平成二十九）年十月二十一日

震える字で

私は随分年を取ってから「しある」に参加したので、入って間もなく創刊号からの同人の方々は次々亡くなられた。

「しある」とのつながりは、はじめての詩集を北沢勝二さんに五冊お送りして、廻りの方々にあげて頂ければ――、からはじまった。詩集を出す前の長野県内の詩事情も全国の詩事情も全く知らなかった。その当時参加していた「市民詩集」という会員制の詩誌に諏訪市にお住いの渡辺洋さんに誘われて、かろうじて詩のようなものを書いていた。その渡辺洋さんから長野県詩人会という会があるので、こちらにもお入りになれば――と言われて、詩集が配れるならばと入会した。多分その頃北沢勝二さんが会長であられたと思う。もう一つ驚いたのは、詩を書く人がこんなにもいるという事実にびっくりした。北沢さんは草飼稔氏、清沢稔氏、金田国武氏などに渡して下さったようだ。ああ稔さんが二人もいるのねと思った。

それから草飼さんは一、二年後に亡くなられたように思うが、最後のお手紙の字は震えていた。短歌を集めた「最晩年抄補遺」などの小冊子を送って下さるのだけれど添えられたお手紙の字は震えていた。一度もお会い出来なかった。もう一方渡辺一司さんからも震えた字のお手紙をいただいた。ものを書きたくて生きてきた者の背負った業のようなもの、あるいは執念を感ぜずにはいられない。

お元気だった頃の渡辺一司さんからは時折「しある」を送って下さっていたがそのうち「入って下さい」と書いてきた。「しある」は男性だけの何か特別なおもむきがある詩誌だった。なんと表現したらいいだろうか、きっぱりとした爽やかさを感じていた。

時は変化する。

私に誘いがきた頃、同人の方が亡くなってゆき、「しある」継続がむずかしくなってくる危機感が出てきたのではないかと思う。女性も参加しだした、柳裕さんも県内の詩誌にも入られたらとお手紙を下さり結局入ることになった。

去年九州宮崎にお住いの黒木松男氏に詩集をお送りした。この所毎年出版される詩人集には隣りに黒木氏がいらっしゃるので、両隣りの縁もあるのではないかと――すると黒木氏から宮内孝夫さんから「樹氷」を送られてきて読んでいました、とご自分の詩集も添えてお手紙がきた。更に日本未来派の年表のコピーも送られてきた。そこには金田国武さん、島崎雅夫さん、秋園隆さんのお名前が載っている。まあ「しある」の皆様方は未来へも飛び立っていたのね、と改めて年表を眺めた。

未来か、あー、私は「しある」の行末を知ることは多分ない。しかし皆書きたいという業を背負っているのだから、めでたく続いていくことだろう。

二〇一八（平成三十）年五月五日

無花果《いちじく》五個

近所の七十歳前後のおじさんが、全長百メートル程の市道を午前十時前後、午後四時前後、場合によっては昼頃もマスクをして歩いている。いい運動になるわ、と私は思うのだが、その散歩の合間の時間を考えてしまう、一人暮らしである。

いつの間にか、私もその時間今日も歩いているかと気にしだした。気にしはじめた私も無聊の時間があるということになる。動きたくない、じっと外をみている、この夏はそういう夏だった。

眺めている私の位置は窓から一メートル半ばかり奥の椅子で、そこから市道は斜め南、ほんの少しだけ見える、おじさんは市道を三往復する。

六月まだ梅雨の季節なのに暑い日が続いた。おじさんの散歩を気にしているだけでは能がないではないか、外を眺めているだけでは能がないではないか、気持ちを切りかえ、新聞の書評欄に書かれていた意義深い言葉に誘われて『さざなみの夜』木皿泉、を買って読んだ。七月は更に猛暑、なにかにしがみついていないと身も心も溶けそうだ。新刊の『即興詩人』アンデルセン、安野光雅訳、を読んだ。六百ページ、七月が過ぎた。

八月娘達に「イオン」に連れていってもらった。広い店内を動き廻るのは困難、私は店内の椅子に腰をおろし、読みものを買ってきてもらうのが、ならわし。娘が「文藝春秋」を選んできて、ほら芥川賞が載っているわよと渡した。「おらおらでひとりでいぐも」若竹千佐子、これまた長い時間をかけて読んだ。

お盆が過ぎた頃十数年も一緒にプールで泳いでいる仲間が、耳の検査に病院に行ったら売店に『九十歳なにがめでたい』佐藤愛子、が並んでいたのでと私に貸してくれた。「おらおら――」も『九十歳――』からも生き死にのことたくさん学んだ。

九月のはじめ、別の仲間から市内在住の人のエッセイ集を読んでみて、と渡された。病気のこと、世界一周船旅のこと、地域活動などなど、みんな大活躍ね、と読みながら、散歩のおじさんを眺めていた。

九月下旬『九十歳――』を貸してくれた仲間が、弟がいちじくをたくさん持ってきてくれたの、と蓋付きの小さな籠に五個入れて持ってきてくれた。三日後の水泳日私はその籠にお菓子を入れて持っていったが、彼女は来なかった。次の日電話がきた。「この夏あまり食べられないとあなたに話したでしょう。病院に行ったの。でも食事をしていったので、この次の水泳日になったの。プールの人達に体調が悪いから暫らく休むと言っといて」それきり彼女は来なかった。一ヶ月半後に亡くなった。死因も住居も知らない、籠一つが残された。

秋の陽を浴びて散歩しているおじさんを、幸せね、と眺めている。

二〇一九（平成三十一）年二月十二日

展覧会の案内

詩の題名を「風にそよぐいのころ草」にしようか、「風になぶられているいのころ草」にしようか迷った。真夏のある日、いのころ草が風に激しくゆれているのをみた。そよぐというより風になぶられている感じだった。なぶられているを題名にすると長くなる、それでは少し短くなるであろう漢字はどういう字だっけ？　と辞書をめくった。その漢字はなんとまあ「嬲」という字だった。長くなるけれど、なぶられるにした。

二〇一九年、同じ人から二枚の年賀状が届いた。終ってしまった会員制の詩誌に書いていた人で、その詩誌が自然消滅風に終った後も彼女は時々葉書をくれた。孫息子が海に釣りに行きお魚をいっぱい食べられたと知らせ、庭のカシワアジサイが見事に咲いたので写真を撮って送ると知らせてきた。

　ところが二〇一九年一枚目の賀状には思いもよらない事が書かれていた。二〇一八年暮れのこと、「賀状ありがとうございました。昨年は私のおなかが大変なことに。嫁の弟が交通事故にあって三十日通夜三十一日葬儀で何も考えられない気分でした。賀状出来ていたのですがごめんなさい。タンポポが咲くまで待って下さい。」出来あがっていた賀状は何も書かれずに届いた。

　タンポポが咲くまで葉書を待った。タンポポの種が飛び、黄砂が舞いと季節は移ったが葉書は来ない。この夏も去っていく。子供のPTAで知り合った彼女は日本画を描いている。その子供達も五十代半ばを過ぎてしまった。足繁くの付き合いではなく、たまに時代がまとっている閉塞感への不満や理不尽な諸々の体制への愚痴などについて喋りたい時に電話がくる。私から電話することはあまりない。私は聞き役だった。

　二〇一八年七月の暑い朝電話がきた。「私の絵が何々の展覧会のポスターになったのでそのポスターを幾人かに配っている。今からお宅に行く」という。爪先のぼりの坂道を三十分も歩くのは大変だ。飲みものなど用意して待ったが来ない。気になって私はババ歩行器を押して途中まで行ってみることにした。片陰に歩行器を止め腰をおろして待った。暫らくして今自分の来た道をみると、彼女らしい姿の人が道端の家の人と立話をしている。まさか、と思いながら眺めていると、また二、三軒先の家の庭に入っていく。私は息せき切って追い付いた。私の住所を忘れたので聞いて歩いていたのだと言う。思えば本通りも歩かず枝道をくねくねと歩いてきたようだ。私の住所を忘れるなんて——貰ったポスターは外国の展覧会のポスターで、彼女の絵が大きく載っていた。すべて外国語で私には読めない。子供の消息を少し喋って別れた。その年の暮れに彼女の噂を聞いた。入院しているのだと。なにが原因で入院しているの？　と聞いても誰も知らない。あれから一年が過ぎたが電話はこない。

二〇一九（令和元）年十一月九日

「ニワトコ」顚末

　高齢で寝たきり生活の伯母の家に一週間ばかり滞在していた昔のこと、既に婿養子に行ってしまった従兄が読んだらしい新潮社などと書かれたツルゲーネフの小説などが押入れの中に乱雑にころがっていた。私は御飯炊きを頼まれていっていたのだった、十五、六歳の正月休みに。その合間にトルストイだのツルゲーネフの小説をパラパラと読みちらしていたのに違いない。

　ロシヤの小説を読んでいると、「ニワトコ」や「とねりこ」の木の名前がよく出てくる。その当時の私、見たことも聞いたこともない、すごく気になった。「とねりこ」についてはそれから十年も過ぎた頃、新聞に写真入りで新潟の秋の風物詩と題して稲のハゼ掛け用に田の畦に「とねりこ」の木を植えて利用しているとの記事を読んだ。日本では「秦皮木」と書くのも知った。その後「ニワトコ」についての見聞はついぞなかった。

　これも過ぎた昔のこと、春先き家族みんなで懐古園の谷間を通り抜け、川遊びに出掛けた。懐古園の中には深い谷や、小さな谷がたくさんあって、川に行く近道は懐古園の門を抜けるとすぐ浅い谷の道になる。暫く行くと谷の南側の崖はなだらかになり、北側の崖は陽当たりのいい小道になる。先頭の宿六が――「付記、私が長年通っているスポーツクラブでは、男性更衣室のドアをあけると、そこに紺地に殿という字が白く染めぬかれた暖簾《のれん》がかけられてある。ここを出入りする男性はすべて殿なのである」――で殿と言いたい所だが、宿六が崖に寄り添うように枝を伸ばしている木を指差して「あ、これはニワトコだ」と言った。「ええ、これがニワトコ」と私。後で辞典をみると「接骨木」とあった。しかも日本のいたる所に生えている落葉低木であった。謎々のような木の正体を見てしまったけれど私の中では異国への憧れのような木だった。

それから幾星霜、喜怒哀楽を経て、今年の春先き。私はテレビの映像で「ニワトコ」の花の蕾をみた、「やまと尼寺精進料理」番組の放送で、尼さん達はニワトコの球形の蕾を摘んで和えものにしていた。摘んで大鍋で茹でている状景を眺めながら、精進料理と言えども情け容赦ないねぇ、花が咲くであろうに、などと思いながら、それでも念願かなって、「ニワトコ」の花の蕾をみられたのだから大満足だった。ニワトコの木に花が咲くのだ！

世は悪疫にさらされていた。

梅雨前線の異様に暑い日が続いていた頃、長女が食料品を届けにきた。思いがけないことに、「エルダーフラワーティパック」が入っていた。原産国はハンガリー、エルダーは日本名は「ニワトコ」粟粒のような花が詰っている。

たどり着いたね、「ニワトコ」のお茶まで、幾十年かかったことか。

二〇二〇（令和二）年十一月二十一日

すみれ色の別れ（故　丸山貞子氏　追悼）

丸山貞子さんお亡くなりになってしまいましたか。多分同年の私、丸山さんについて何を書こうと思い、過ぎ去った「しある」を探しました。何か手掛かりはあるかと。

黒表紙で発刊されている「しある」二八号がすぐに探せました。二〇〇〇年「しある」二八号は、金田国武作品の追悼号でした。その前後に私は「しある」に参加したのだと思います。載っている作品名と名前を書き出してみました。

空間　村松好助
紫陽花　渡辺一司
恩寵　佐藤すぎ子

隣のひと　柳裕
杏の木・岩崎信子さんへ　山嵜庸了
宴のあと　内川敬策
もひとつの終占　秋園隆
すみれの図案　丸山貞子
ある感じ方　島崎雅夫
宴—からまつ荘にて　清水千織
喜劇　原建太郎

安曇野の陽の輝き、私たちの前途には何かありそうでした。

秋園さんが「しある」の協力者である東京の書家からお便りがあり、その内容は本誌の同人たちの作品を書家の筆致で表現した詩と墨書の作品展を、という呼びかけがあった、と話されました。一歩前進という思いで嬉しかったのを覚えています。しかしそのお話のあった後、秋園さんは元気になられませんでした。私達の詩は永遠に書家に書かれることはなくなったのです。なんという不運なめぐり合わせ。

では二八号作品のなかの丸山貞子作品。

すみれの図案

包装紙に包んで
歩いて　電車に乗って　降りて
また電車に乗り継いできたあなたの
渡してくれたおくりもの
セロテープをはがし
折り目を開いたその時
うす紫のすみれの図案がのぞいた
もう一つの折り目の向こうからも現れた
箱の形をした木の小物入れのまわりに
思い思いの表情のすみれの図案が揺れる
間仕切りの狭いところにペンとカッター
消しゴムも糊もいっしょに入れると

重なった葉の図案のそばにあなたが覗く
間仕切りの一番広いところへ
めがねケースを入れてみた
わたしの大切な小物がみんな納ると
すみれ色の空に舞ってあなたが揺れる

貞子さん、合評会が終って電車で帰る私と山嵜さんに夕飯のお弁当を持たせてくれたわね。母親がつくってくれた夕飯のようで、うれしかったわ。ありがとう。いつの日か再会。

二〇二一（令和三）年四月二十四日

すずらん坂バス停留所

幾年も経ってしまったので、記憶がぼやけてしまい、その停留所の名前が正確に出てこない。多分「すずらん坂」だったと思う。その日私は阿賀さんの山荘に伺うことになっていた。すずらん坂のバス停まで迎えに行きますとのお手紙通り、バスを降りると二人の女性が立っていた。どちらも初対面、それでもバスから降りるのは私一人なので、ああ佐藤さんということになった。女性二人は阿賀さんと赤地さんとおっしゃる方だった。

初秋の吾妻郡嬬恋村、野道、山道を通って阿賀さんの山荘に着いた。道中何を喋ったかも思い出せない。山荘の玄関横には、思い出した、大型犬の「マーサ」が留守番をしていた。

阿賀さんの山荘は眼下を流れる谷底の川がはるか下

に小さく見える程の斜面の上に建っていた。北窓から谷底を眺めながら紅葉を頂いたろうか、次々と話が行きかって、なんで話がそこに行ったのかも今は思い出せない。阿賀さんが「赤地さんのお嬢さん東大を出ましてね、今度ハーバードの大学院へ入ったんですって」と私に話した。私は「まあ、それはそれは」と言ったのだろうか。すると赤地さんが弁解でもするように「面接でね、娘は父は舟乗りで母は詩を書いていますって答えたのですって。それで受かったのかもと冗談を言っていました。」

何かで夢の舟乗りという言葉か、絵を見たような気がする。もしかしたらパール・クレー、あるいはパウル?

そんなことを考えながら同時にお伽噺の入口に立ったような気分にさせてくれた。ハーバード大学の教授って汎心的な包容力を持った、すてきな人達のような気がするわねと私は大いに感じ入ってしまった。その後も「父は舟乗りで母は詩を書いています」の言葉はずっと私の中に住みついていた。その日は楽しい一日だった。昼食は自然食の食事所で、行く時はタクシーで行ったのだが帰りは山の中の一本道を歩いて帰った。日本のしかも県境の村にこんなにも広い道路があるのに驚いてしまう。さながら嬬恋村版シャンゼリゼ通りといったおもむきだった。夕方私と赤地さんはすずらん坂バス停からバスで中軽井沢駅に着きそこで別れた。

それから幾星霜が過ぎたのだろうか。二〇二一年、三月、赤地さんから一冊の本が届いた。

『北欧から「生きやすい社会」を考える』
―パブリックヘルスの証拠は何を語っているか―
赤地葉子　新曜社

「父は舟乗りで母は詩を書いています」と答えた赤地葉子さん、お伽の国で育った娘さんだった。帯文には「地域の子どもの成長、病、生き方、死の問題に教育、政策、研究を通して取り組むパブリックヘルス（公衆衛生）その専門家として世界で活動し、現在北欧に住む著者からの、希望の持てる、生きやすい未来をもたらすための提言」と書いてある。
「パブリックヘルスへの投資は国の将来と豊かさへの投資」であることを主論として、教育の大切さ、貧困の連鎖を断ち切ることの大切さなどが世界の国々の実情に合せて語られている。私は長い時間をかけて読み通した。巻末に載っている著者の参考文献は百八冊、私は見ただけで目まいがしてしまう。出張調査は全世界に及びその文章の合間にコラムがはさまれている。このコラムがまたたのしい。

コラム　一部抜粋　一

六週間の出張の最後の夜は私の四〇歳の誕生日だった。明日家族とフィンランドで再会出来る喜び、カンボジアで再び働けたことへの感謝、無事仕事を終えた安堵感。

コラム　抜粋　二

いつもなら日本の桜に思いを馳せるこの時期、今年はヨルダンで見たアーモンドの花が窓越しに舞い落ちる雪と重なった。

二〇二一（令和三）年八月

解説

詩風土が育てた情念の風景

佐藤すぎ子詩集『野山寂寂―永遠の塔・永遠の名前』

田中眞由美

詩集『野山寂寂』は佐藤すぎ子の第四詩集でそこには通奏低音として「死」が響き渡る。サブタイトルとなる「永遠の塔」はタージ・マハルを象徴とする「墓」でありそこに刻まれる名は、「永遠の名前」となる。

佐藤すぎ子の原点は、第一詩集『モザイクまたは内なる桃源』の「私の四季」に描かれている村である。その村は春にはアカシア、さくら草、桜んぼの白い花が咲き、しじみ花、木瓜、山吹は花盛りで「にわとりと牛の鳴き声が耳をかすめて舞いおちる」ところ。まさに桃源郷にも似て蝶やとんぼが群れる場所でもある。そんな夢のような場所の北と南には墓地がある。第一詩集の「あとがき」で佐藤は、「風土は動植物だけを生むのではない。人間の情念をも生むのであり、その情念のかもされる風土は尽きそうにない。かたちのないものへのかかわりである」と述べている。佐藤は第四詩集の「あとがき」でも、その情念の生まれた産土を記している。やがて佐藤の辿りつくところである。

肌寒い三月の午後、近所のおじいさんが死んだ、墓掘当番の人たちが穴を掘っていた。

学校の帰り私たちは好奇心にかられて穴掘りをみに行った。そこでみたものは、土の色が染み込んだ褐色の頭蓋骨だった、しかも生なましいことに黒い髪を一握り垂らして隣の石塔の上に置かれていた。この世が裏返ってしまった。今生きている人たちが、すべてあの姿になるのだと思うと涙があふれてとめどなかった、幾夜か布団のなかで泣いた、私たちは九歳だった。

九歳で人生の終わり「死」の姿を突き付けられた少女

の「生」は「わたしは旅の者」として始まっていく。村で葬儀がある度にその光景が蘇ったであろう。心には曠野が広がり精神に影を落として「生」は常に「死」と共にあった。直面した真理を読み解くための旅に出た娘は文学の森を踏み分け、哲学の扉を押し開き詩を書くことで自らを立て直していく。幸運にも、当時実践されていた信州白樺派の教育に触れたのかも知れない。佐藤の作品には、西洋の物語、神話、聖書、芸術作品などが比喩として姿を見せる。「荒地」の作風に影響を受けたのであろうか。収穫小屋で貪り読み思想を育て、人生を手探りし自立を願い「毒」も育てたのか。

戦後に信州の狭い地域社会で詩を書くことは男でも阻害される中、女の佐藤の活動は困難であっただろう。そんな中で、会ったこともない女性に暗い記憶を書き送り自分の立ち位置をカムアウトした手紙を弟である少年が盗み見て衝撃を受け思いを共にすることになる。手紙を交わすことにより、ここが、佐藤の「詩」の生まれる場所となる。「あとがき」にその内容が記されてあるのは、手紙という媒体が二人を繋いで刺激しあい、世界を深め広げていった記憶であるからだろう。

——眠り以外に欲しいものは何もない、暖い毛布と、やわらかい草と風をさける岩があったら僕は何も食べずにねつづけるだろう。地球はせまいねぇ、たった一人の人間がねむる土地すらない、死人を火葬にするなんて、ひどいや、たった五尺の穴すら与えてくれないんだ——

土葬という風習が、たった五尺の穴も与えられずに掘り返された事実について、このように語る感性に救われたのではないか。十八歳の少年の初めての手紙はこのように哲学的であり、十八歳の少女は初めて魂の触れ合いを感じたのではなかったか。遠く離れた手紙の往還に「詩」は磨かれ続けた。佐藤は第一詩集を五十三歳で初めて世に示す。日露戦争と第二次世界大戦の間に生まれた佐藤の青春は戦争が日常であり、そこには当たり前に「死」が満ちていた。一方、村における農耕は家族総出で成し遂げねばならない生業であり、仕事は休む暇も与えない。昼の仕事の後の眠れない夜に、心の傷が詩を書かせる。そのために、佐藤の詩は雨の日と夜の闇の世界に深められる。そこには村の自然が深く根を下ろし作品を支える。佐藤の作品の「毒」を読み解いてほしい。

おとぎり草の由来は妙に私を安心させた／裏切ったな　寝返ったな　先走ったな／ばっさばっさと斬りたい衝動の／その普遍性が私を喜ばせた／義経めと兄の癇にさわったことを想えば――／弟殺しをしなければならない不幸な兄たち／割られたざくろのどっちを先に食べよう／一瞬のためらい／弟殺しは当然だったのだ

（「美男かずら」部分『七月に降る雨』所収）

淋しいのは春風にゆれている竹林／春雨が降れば更に淋しい／母が死ねばもっと淋しい／瀕死の心臓の持主が見る夢はもっと淋しい／昼と言わず夜と言わず／葬送の夢ばかり／／竹林でかぐや姫が死んだ／子供たちは灯もつけず／母は不慮の事故で病院へ担架で運ばれたのですと言った／／担架で？

（「かぐや姫葬送図　―竹林―」部分『七月に降る雨』所収）

童話の中の子供たちは森へ行く／雪の森へ／小人の森へ／オオカミの森へ／青い鳥の森へ／／（中略）童話の中の子供たちは森へ行く／祖母を生きかえらせるため／眠りから覚めるため／王妃になるため／幸せの幕を開けるため／／私も森へ行きたい／蛇苺は赤いだけ／サルトリイバラは痛いだけ／キイロシメジは崖っぷち／キジの卵を数えていると音がする／毒蛇が近づく音がする／／森は怖い／娘たちは森に連れ去られる／幸せの扉を閉じるため／帰らずの森／橋が折れる森／ロウソクの尽きる遠い森／白骨の森／／誰かが私に言ったの／ああまあ　あなたはなんとか生きのびて――

（「赤ずきんちゃんを読んでいない」部分）

崖のふちに建つ小さな小屋のような社／五、六人が坐るとがたぴし崩れそうだった／燃えるような夏の日の午後／神を祭るべく幾人かが集まる／（中略）きわだって記憶に残る日がある／その日稲の葉に照っていた太陽の光／その日みた蛙の金に縁どられた目／その日みた遠い村の屋根の色／／社で父たちは何を祈るのだろう／神主の祝詞を耳に胸のうちでとなえる／ふらちな者どもの行く末を／ふらちな者とは　わたしだけれど／／崖のふちに建つ小屋のような社／床下を微風が行ったり来たり／埃まみれの板敷きの下に一匹いる／ふらちな者どもの行く末など知るものか／蛙　むかで　野ねずみ　蟻地獄／二本あしも三十本あしも飲み込む／そのものは滑って野に出て行く／ふらちな者どもの行く末など知るものか

（「野末（二）」全文）

第三詩集『七月に降る雨』の「あとがき」では安曇野市在住の文筆家、柳裕氏に「毒のない詩はつまらない」、「毒を、毒を」と二十三年も言われ続け育てられたと記す。「毒杯がこわい私はなかなか毒をつくれない。」「毒とは、ある意味ではこの世のあらゆる不幸な出来事への鎮魂歌でもある」とし、八十五歳を越えた佐藤は、見事「毒」の生成に成功している。「毒」は、知らぬ間に効き目を現し、うっとり人を殺す。

闇の中にしか存在しない真実
――佐藤すぎ子小論

一色真理

佐藤すぎ子の名前に初めて接したのは、月刊詩誌「詩と思想」の編集長をしていたときだった。たまたま彼女から第四詩集『野山寂寂―永遠の塔・永遠の名前』の編集を依頼されたのである。しかしこの未知の詩人の原稿を一読して、私は驚愕してしまった。佐藤は天性のシュールリアリストであり、幻視者なのではないか。信じられないことだが、私の眼前にはロートレアモンの『マルドロールのうた』やネルヴァルの『オーレリア、あるいは夢と人生』にも匹敵する驚くべき跳躍力を秘めたテクストがあった。さらにそれは北村透谷の『楚囚の詩』や『蓬莱曲』をも連想させた。おそらくはまだ封建的遺風の残る時代と風土の中で、その個性を十全に発揮しようとして人知れず苦闘を強いられた経験が、近代的自我を確立すべく精神の彷徨を繰り返した透谷の歩みと、重なって見えるのだろう。だが闇の中にしかない真実を一撃のもとに可視化してみせる独自の手法については、詩人の生まれついての資質だとしか言いようがない。

僅かな手掛かりとして、本文庫に収められたエッセイ「日暮れどき」の中で、十代にフランスのシュールリアリスト、ルイ・アラゴンに傾倒していたことを、詩人は告白している。確かにそのエッセイに引用されたアラゴンの詩の一節「小麦の波に溺れる矢車草――静脈の色をした水平の襟」は、佐藤の詩に現れる独特の節回しにいくらかの反響を残していると感じられる。だがそれ以上に確かなことは、佐藤の独特の幻視力と韻律とを産み出したのは、けっして文学的素養や詩的修辞の技術ではなく、それ以前に生活者としての日常から汲み上げられ、蓄積されてきた経験の質量なのではないだろうか。生きることの歓びや哀しみ、苦しさや悩ましさの中で、作者自身が垣間見た原光景とでもいうべきものが、書くことへの根源的動機を発動させ、これらの詩的達成のすべてをつくりあげたのだ。

＊

佐藤にはこれまで四冊の既刊詩集と一冊の未刊詩集（本書に初出）とがある。本論では主に第一詩集『モザイクまたは内なる桃源』のテクストを中心に、詩人の世界を探索していきたい。本詩集は今から四十年も前にまとめられたものながら、既に作者独特の文体や韻律、時にエキセントリックとも見える、幻想的主題や着想の殆どすべてが出揃っているからだ。

まず巻頭に置かれた作品「水難一」を読んでみよう。現実の水害をモチーフにしているが、各八行×三連の定型的リフレインが特徴である。しかも各行は一つのセンテンスではなく、文節ごとに断片として成立しているのが異色だ。日常を組み立てていた事物が水害でばらばらになり、意味の文脈を解体された言葉のかけらとして、テクストの水面にぷかぷか浮かんでいる状況とも見える。それはまさにシュールリアリスティックな風景そのものではないか。

雨降って　水びたし
家の裏　川の中
ぐみの木　その下のごみ捨て場

単語を点々と配置していく書法は、どこか中江俊夫の『語彙集』を思わせる。「水びたし」「家の裏」「川の中」……「その下のごみ捨て場」と進行する詩行は、それこそ連想ゲームのようだ。どこかフロイト的な無意識の世界にもつながっていないだろうか。

この手法は第二詩集『偶界連詩』冒頭の作品「月の翳り」において、さらに洗練された形で出現する。

麦星　ボクシャ　ガクアジサイ
金平糖　酒　乾無花果
玉葱　人参　グリンボール
あなたの死

最初の三行は明滅する不連続な意識一面に無数の隙間があいていて、そこから向こう側の風景（無意識）が透視される状況を連想させる。その穴を通して滲み出すように見えてくるもの、――それを詩人は四行目で「あなたの死」だと言う。

なぜ「あなたの死」なのか。それを明らかにするためには、詩人の原光景とでもいうべき世界に着目しなければならない。第一詩集に収録されたもう一つの作品「相続人」を読んでみよう。

いま目にうつるものはみんなまぼろし　と思った
村の子供たちの前に
一握りの黒髪をつけたどくろが現れた
冒険ずきの悪童どもは後ずさりした

詩人は小学生のとき、近所に住む老人の土葬を友人たちと見に行き、石塔の上に置かれた褐色の頭蓋骨を目撃してしまう。しかも生々しいことに、そこには一房の黒い髪がまとわりついてすらいた。第四詩集のあとがきでも改めて描かれているこの光景は、少女の記憶に原光景として鮮烈に焼き付くことになる。ここからは私の推測だが、詩人はその墓地の風景に〈生きることなく埋葬されたもう一人の自分〉――「あなた」を幻視したのではなかったか。封建的風土の残るここではないどこかでなら、女性として、詩人として、さらに大きく羽ばたいたかもしれない、真実の自分……。

もう一人の自分を無意識の暗闇の中から、意識の光のもとへ救い出したいという思いは、第一詩集以来現在に至るまで、詩人をたえず新しい創作へと駆り立て続けることになった。第四詩集の最後を飾る作品「永遠の塔・永遠の名前」の中で、詩人は地獄巡りの旅の果てに、山中にひっそりとたたずむ墓石に刻まれた、僅か二歳で死んだ少女ヤヨリ（八頼）の名前を発見する。その瞬間、その小さな石塔は詩人にとって、インド十七世紀の荘重な遺跡タージ・マハルにも匹敵するものとなる。なぜならその少女ヤヨリこそが、詩人がかつて幻視した〈生きることなく埋葬されたもう一人の自分〉にほかならなかったからだ。

春秋の彼岸　夏の盆
その墓参のつど気になっている墓誌がある
一族の墓誌のなかに
カタカナ名前の二行がある
孝順長女ヤヨリ
八頼童女大正三年八月十八日歿享年二歳
（中略）
谷間の村の傾斜地の墓地
ヤヨリ二歳で没した　とだけ

闇に葬られたもう一人の自分＝ヤヨリを取り戻すために、詩人は無意識の底深く下降する旅に出る。「下降癖」（第一詩集所収）によれば、こんな具合だ。

私は下降癖を身につけているので
寂寂と　寂寂と
その自分の地下室を掘り進める

「自分の地下室を掘り進める」作業は、神話の中でオルフェウスが妻を追って冥界へと下降した地獄巡りの旅と等しいものになる。詩人自身、「ギュスターヴ・モロー―エウリュディケの墓の前のオルフェス―によせて」と題された作品「田鼂《たげり》」（第二詩集所収）の中で、こう歌っている。

私のなかの「異界の私」が
思いあふれて墓地に行ったとき
土の下にその人がたしかに横たわっていたら
なんと墓地は優しいだろう
生死を分けても私は語るだろう

もう一人の自分を求めての地獄巡り。無意識の底深く下降する彷徨は、詩人が九十代になった今もなお続けられている。闇の中にしか存在しえない確かな真実＝「異界の私」を掘り当てるまで、詩人の旅はけっして終わることがないのだ。

詩歴覚え書

一九七二年、四十二歳。広場文芸同人会を知り参加。雑誌名は「人間なるもの」、発行責任者前川政明。一九八三年、退く。

一九七九年、山室静氏の紹介で季刊同人誌「黒斑」一三号（九月三十日発行）に詩三篇掲載。

一九八三年、鳥影社から詩集出版の案内くる。同年、詩集『モザイクまたは内なる桃源』を出版。朝日新聞長野支局の記者のインタビューを受ける。同時に長野版に「胸の奥の情念を字に」と紹介される。これを機に長野県上田市から発行されていた同人詩誌「樹氷」に参加。長野県詩人協会にも入会した。

一九九六年、「樹氷」を去る。

同年、詩集『偶界連詩』を沖積舎から出版。都合により信濃毎日新聞社のインタビューを断念。かわりに同紙の「読書欄」に「未来世界」全篇掲載される。

諏訪市在住の渡辺洋さんの紹介で会員制の「市民詩集」の会に入る。会長、山田寂雀。雑誌の締切り間近になると、寂雀会長から毎度詩の督促状のような葉書が届いた。私は一〇〇号から参加したのだが、最終号は寂雀会長の〈終わり〉が市民詩集の終わりになった。風のように消えた。

一九九六年、詩集『七月に降る雨』鳥影社から出版。中日新聞「中部の文芸」に冨長覚梁氏による紹介が載る。

二〇〇〇年、「現代詩図鑑」に参加。阿賀猥氏の紹介により、創刊号あたりから書いたが、二〇〇七、八年頃「現代詩図鑑」は大世帯になり、その後〈風のように〉消えた。

同年「しある」に入る。詩の同人誌で、安曇野地方唯一の〈誌〉として、ここ数年は大糸タイムス紙が同人全員の詩やエッセイを掲載してくれる。現在では創刊当時の方々はすでにいなくなり、新しい「しある」の歴史があゆみ出している。

二〇〇七年、小柳玲子氏の紹介で「詩学」九月号（詩学社、寺西幹仁編集発行）に詩一篇掲載。

二〇一六年、詩集『野山寂寂』を土曜美術社出版販売から出版。

二〇一八年、記録としての詩誌『つむぐ』に参加。

二〇一八年、ＮＰＯ法人日本詩歌句協会、第一二回中部大会詩の部奨励賞。

＊

一九三〇年三月十四日　小諸市御影生まれ。

現住所　〒三八四―〇〇二三
　長野県小諸市東雲二丁目九―一一―三七一

新・日本現代詩文庫164 佐《さ》藤《とう》すぎ子《こ》詩集

発　行　二〇二三年四月三十日　初版

著　者　佐藤すぎ子
装　丁　森本良成
発行者　高木祐子
発行所　土曜美術社出版販売
〒162-0813　東京都新宿区東五軒町三―一〇
電　話　〇三―五二二九―〇七三〇
FAX　〇三―五二二九―〇七三二
振　替　〇〇一六〇―九―七五六九〇九

印刷・製本　モリモト印刷
ISBN978-4-8120-2760-8　C0192

新・日本現代詩文庫

土曜美術社出版販売

(141) 小林登茂子詩集　解説 高橋次夫・中村不二夫
(142) 万里小路譲詩集　解説 近江正人・青木由弥子
(143) 稲木信夫詩集　解説 広部英一・岡崎純
(144) 清水榮一詩集　解説 高橋次夫・北岡淳子
(145) 細野豊詩集　解説 北岡淳子・下川敬明・アンバル・パスト
(146) 川中子義勝詩集　解説 中村不二夫
(147) 山岸哲夫詩集　解説 井坂洋子・藤本真理子・苗村吉昭・武田肇
(148) 天野英詩集　解説 小川英晴
(149) 愛敬浩一詩集　解説 村嶋正浩・川島洋・谷内修三
(150) 山田清吉詩集　解説 松永伍一・広部英一・金田久璋
(151) 忍城春宣詩集　解説 野田新五・周田幹雄
(152) 丹野文夫詩集　解説 倉橋健一・竹内英典
(153) 関口彰詩集　解説 松本邦吉・愛敬浩一
(154) 清水博司詩集　解説 麻生直子・愛敬浩一・岡和田晃
(155) 室井大和詩集　解説 埋田昇二・柏木勇一・高山利三郎
(156) 山口春樹詩集　解説 苗村吉昭
(157) 佐川亜紀詩集　解説 石川逸子・権宅明・韓成禮
(158) 岸本嘉名男詩集　解説 有馬敲・倉橋健一
(159) 加藤千香子詩集　解説 港野喜代子・長谷川龍生・こたきこなみ・原田道子
(160) 橋爪さち子詩集　解説 河津聖恵・古賀博文・高橋玖未子
(161) 入谷寿一詩集　解説 中原道夫・中村不二夫
(162) 重光はるみ詩集　解説 井奥行彦・以倉紘平・小野田潮
(163) 会田千衣子詩集　解説 江森國友
(164) 佐藤すぎ子詩集　解説 田中眞由美・一色真理

〈以下続刊〉

(1) 中原道夫詩集
(2) 坂本明子詩集
(3) 高橋英司詩集
(4) 前原正治詩集
(5) 三田洋詩集
(6) 本多寿詩集
(7) 小島禄琅詩集
(8) 新編菊田守詩集
(9) 出海溪也詩集
(10) 柴崎聰詩集
(11) 相馬大詩集
(12) 桜井哲夫詩集
(13) 新編島田陽子詩集
(14) 新編真壁仁詩集
(15) 南邦和詩集
(16) 星雅彦詩集
(17) 井之川巨詩集
(18) 新々木島始詩集
(19) 小川アンナ詩集
(20) 新編井口克己詩集
(21) 新編滝口雅子詩集
(22) 谷　敬詩集
(23) 福井久子詩集
(24) 森ちふく詩集
(25) しま・ようこ詩集
(26) 腰原哲朗詩集
(27) 金光洋一郎詩集
(28) 松田幸雄詩集
(29) 谷口謙詩集
(30) 和田文雄詩集
(31) 新編高田敏子詩集
(32) 皆木信昭詩集
(33) 千葉龍詩集
(34) 新編佐久間隆史詩集
(35) 長津功三良詩集
(36) 鈴木亨詩集
(37) 埋田昇二詩集
(38) 川村慶子詩集
(39) 新編大井康暢詩集
(40) 米田栄作詩集
(41) 池田瑛子詩集
(42) 遠藤恒吉詩集
(43) 五喜田正巳詩集
(44) 森常治詩集
(45) 和田英子詩集
(46) 伊勢田史郎詩集
(47) 鈴木満詩集
(48) 曽根ヨシ詩集
(49) 成田敦詩集
(50) ワシオ・トシヒコ詩集
(51) 高田太郎詩集
(52) 大塚欽一詩集
(53) 香川紘子詩集
(54) 井元霧彦詩集
(55) 高橋次夫詩集
(56) 上手宰詩集
(57) 網谷厚子詩集
(58) 門田照子詩集
(59) 水野ひかる詩集
(60) 丸本明子詩集
(61) 村永美和子詩集
(62) 藤坂信子詩集
(63) 門林岩雄詩集
(64) 新編原民喜詩集
(65) 新編濱口國雄詩集
(66) 日塔聰詩集
(67) 武田弘子詩集
(68) 大石規子詩集
(69) 吉川仁詩集
(70) 尾世川正明詩集
(71) 岡隆夫詩集
(72) 野仲美弥子詩集
(73) 葛西洌詩集
(74) 只松千恵子詩集
(75) 鈴木哲雄詩集
(76) 桜井さざえ詩集
(77) 森野満之詩集
(78) 坂本つや子詩集
(79) 川原よしひさ詩集
(80) 前田新詩集
(81) 石黒忠詩集
(82) 壺阪輝代詩集
(83) 若山紀子詩集
(84) 香山雅代詩集
(85) 古田豊治詩集
(86) 福原恒雄詩集
(87) 黛元男詩集
(88) 山下静男詩集
(89) 赤松徳治詩集
(90) 梶原禮之詩集
(91) 前川幸雄詩集
(92) なべくらますみ詩集
(93) 津金充詩集
(94) 中村泰三詩集
(95) 和田攻詩集
(96) 藤井雅人詩集
(97) 馬場晴世詩集
(98) 鈴木孝詩集
(99) 久宗睦子詩集
(100) 水野るり子詩集
(101) 岡三沙子詩集
(102) 星野元一詩集
(103) 清水茂詩集
(104) 山本美代子詩集
(105) 武西良和詩集
(106) 竹川弘太郎詩集
(107) 酒井力詩集
(108) 一色真理詩集
(109) 郷原宏詩集
(110) 永井ますみ詩集
(111) 阿部堅磐詩集
(112) 新編石原武詩集
(113) 長島三芳詩集
(114) 柏木恵美子詩集
(115) 近江正人詩集
(116) 名古きよえ詩集
(117) 新編石川逸子詩集
(118) 佐藤真里子詩集
(119) 河井洋詩集
(120) 戸井みちお詩集
(121) 金堀則夫詩集
(122) 三好豊一郎詩集
(123) 古屋久昭詩集
(124) 佐藤正子詩集
(125) 川端進詩集
(126) 桜井滋人詩集
(127) 葵生川玲詩集
(128) 今泉協子詩集
(129) 柳内やすこ詩集
(130) 新編甲田四郎詩集
(131) 大貫喜也詩集
(132) 今井文世詩集
(133) 中山直子詩集
(134) 林嗣夫詩集
(135) 柳生じゅん子詩集
(136) 原圭治詩集
(137) 森田進詩集
(138) 水崎野里子詩集
(139) 比留間美代子詩集
(140) 内藤喜美子詩集

◆定価1540円（税込）